D0652602

COLLECTION FOLIO

Philippe Djian

Chéri-Chéri

Gallimard

Philippe Djian est né en 1949 à Paris. Il a exercé de nombreux métiers : pigiste, il a vendu ses photos de Colombie à *L'Humanité Dimanche* et ses interviews de Montherlant et Lucette Destouches, la veuve de Céline, au *Magazine littéraire* ; il a aussi travaillé dans un péage, été magasinier, vendeur...

Son premier livre, *50 contre 1*, paraît en 1981. *Bleu comme l'enfer* a été adapté au cinéma par Yves Boisset et *37°2 le matin* par Jean-Jacques Beineix. Depuis, il a publié *Lent dehors* (Folio nº 2437), *Sotos* (Folio nº 2708), une trilogie composée d'*Assassins* (Folio nº 2845), *Criminels* (Folio nº 3135) et *Sainte-Bob* (Folio nº 3324), parue en 1998, *Ça, c'est un baiser* (Folio nº 4027), *Frictions* (Folio nº 4178), *Impuretés* (Folio nº 4400), *Mise en bouche* (Folio nº 4758), *Impardonnables* (Folio nº 5075), *Incidences* (Folio nº 5303), *Vengeances* (Folio nº 5490), *"Oh..."*, prix Interallié 2012, *Love Song* (Folio nº 5911), *Chéri-Chéri* (Folio nº 6098), *Dispersez-vous, ralliez-vous !* et *Doggy bag*, une série de six saisons.

Le jour, on m'appelait Denis. J'étais un écrivain qui connaissait un certain succès et qui avait la dent dure, comme critique. Certains soirs, on m'appelait Denise. Bon, je dansais dans un cabaret.

Par bien des côtés, il s'agissait d'une situation assez pénible, qui compliquait singulièrement ma vie, mais je n'aurais pas changé pour une autre. Cette existence me convenait.

Cette fois, pourtant, on m'avait sérieusement tabassé.

Hannah, ma femme, est entrée brusquement dans la chambre de l'hôpital et me voyant, elle s'est figée devant mon lit avec une main sur la bouche, le souffle coupé. On m'avait jeté d'un train et j'avais roulé sur le ballast.

Mais oui, ma chérie, mais le train était arrêté en pleine voie, heureusement. Le train ne roulait pas, réfléchis une minute. Sinon je ne serais pas là. J'ai eu affaire à des petits voyous. Et personne n'a bougé dans ce maudit train. Les types m'ont balancé par-dessus bord. Assieds-toi, Hannah, prends une chaise. Ne va pas tomber dans les pommes. Aujourd'hui c'est rouge, demain ce sera bleu, puis vert, puis jaune violacé. Ça va bien, ma chérie, ressaisis-toi. Je ne sens rien. Ils m'ont donné ce qu'il faut. Ils sont bien, ici. Ils n'ont pas beaucoup de moyens mais ils sont civilisés.

Elle a sorti un mouchoir de son sac pour se sécher les yeux. Je l'observai. Je la regardai faire en silence.

Tu te mets trop de rimmel, lui ai-je fait remarquer. Tes yeux, on dirait des morceaux de charbon. Et ce minishort, cette chose obscène que tu portes, mais tu es folle, ma parole, tu as l'air d'une putain.

Elle hausse les épaules puis vérifie qu'il n'y a pas d'infirmière à l'horizon et nous allumons des cigarettes. Ma main tremble un peu. Mes oreilles sifflent encore.

En tout cas, Hannah, tu n'en parles à personne et si on te le demande, c'est une chute dans l'escalier.

Elle dit avec toi, il faut toujours mentir. Tu mens tout le temps.

Ah je t'en prie, Hannah, je fais pour le mieux. Je n'ai pas besoin d'être mêlé à un scandale quelconque. Je n'ai pas besoin qu'on sache que j'ai été agressé. Pas de publicité. Merci. Tu trouves que les livres se vendent bien, peut-être. Moi pas. Alors ne t'occupe de rien. Ne te lance pas dans des réflexions philosophiques. Laisse-moi faire. Laisse-moi gérer ça.

Apparemment, je pouvais marcher. Malgré une migraine carabinée, je me levai. J'étais couvert d'ecchymoses, perclus de fatigue, vaguement nauséeux. Je m'appuyai à son épaule pour enfiler le pantalon qu'elle m'avait apporté. Hannah était une sorte de poupée Barbie comme on en trouve là-bas, un peu fanée, avec un ruban rose dans les cheveux, des chemises délavées et de grosses lèvres boudeuses, repulpées à l'acide. Sexuellement, elle ne présentait plus beaucoup d'intérêt à mes yeux, mais elle restait la personne la plus proche de moi. Et elle ne m'avait jamais demandé de lui expliquer ce goût que j'avais de m'habiller en femme, mes faux seins, *L'Ulysse*, etc. Ça ne la dérangeait pas.

Lorsque je lui avais demandé de m'épouser, elle avait éclaté en sanglots et passé la journée en larmes. Je n'en croyais pas mes yeux. Je suis tellement heureuse de ce qui m'arrive, avait-elle déclaré. Je lui avais pourtant longuement expliqué qu'il s'agissait d'un arrangement avec sa famille après que je l'avais fichue enceinte, que je n'avais pas une once de véritable amour à lui donner, elle refusait de l'entendre et pleurait de joie en dansant à travers le salon de l'appartement que ses parents avaient mis plus ou moins à notre disposition. Je pleurai de joie à mon tour en découvrant qu'il y avait un bureau, que j'allais avoir un bureau. Je n'avais pas d'importants revenus à l'époque et c'était peut-être la première fois que je voyais un bureau, une pièce uniquement consacrée à ça dans un appartement, à noircir des pages avec obstination, et pendant ce temps Hannah sautait de joie à mes côtés, accrochée à mon bras et gloussant de satisfaction. Tu vas être super bien, me répétait-elle en boucle. Chéri-Chéri, tu vas être super bien.

D'accord. Mais ne m'appelle pas Chéri-Chéri. S'il te plaît. Merci.

Elle conduit vite. Je ne sais pas comment elle a fait pour rester en vie jusqu'aujourd'hui à ce régime. Elle conduit le plus souvent le pied au plancher, elle se faufile, elle passe en force, un vrai danger public, alors je ne sais pas par quel miracle elle n'a encore écrasé personne ou elle-même volé dans le décor mais c'est ainsi. D'étranges breloques pendent à son rétroviseur et se balancent, des amulettes, je pense.

Fais attention avec toutes ces feuilles mortes. Ça glisse, lui dis-je.

Ça la fait rire. Son visage disparaît sous ses boucles blondes. Elle n'en ralentit pas pour autant. Mais je suis encore trop faible pour me livrer à un bras de fer avec elle et je me contente de m'agripper aux accoudoirs. Je me sens mieux dans les embouteillages que nous rencontrons à la sortie du périphérique, je me détends. J'avale une poignée de comprimés en grimaçant. Je pense que je me suis fêlé une côte.

Finalement, nous arrivons sains et saufs. J'inspecte les alentours puis je sors de la voiture en boitant, armé d'une canne, col relevé, un bandage autour de la tête. J'emplis un instant mes poumons de la fraîcheur poivrée de l'automne et m'engouffre à l'intérieur.

Nous sommes au milieu de l'après-midi mais la lumière est déjà basse en raison d'un ciel obscurci de nuages sombres qui remontent par nappes de l'horizon.

Je me dirige directement vers ma chambre. Je m'y enferme. Je reste un bon moment debout, devant le miroir de la salle de bains. Immobile. Nu. Avec précaution j'ai retiré ma bande. La compresse. Je me suis entaillé le cuir chevelu en atterrissant sur le ballast. Je vois tous ces points qu'on m'a faits. Ces types auraient pu me tuer en me jetant sur des pierres la tête la première, les bras attachés dans le dos avec ma propre cravate. De vrais dingues.

Père demande si tout va bien, me lance-t-elle à travers la porte.

Dis-lui que je me porte comme un charme. Dis-lui que je suis désolé d'avoir saigné du nez dans le hall. Dis-lui que j'envoie quelqu'un et remercie-le de prendre de mes nouvelles.

Je grimace. Cette situation dure depuis longtemps. Cette proximité débile. Je me souviens du choc que j'avais ressenti lorsqu'il m'avait annoncé la nouvelle, de ce coup droit en pleine poitrine lorsqu'il m'avait annoncé qu'ils réintégraient l'appartement du rez-de-chaussée Veronica et lui, en raison de la crise, de ce mauvais vent qui s'était abattu sur le Vieux Continent.

Qu'est-ce que vous me chantez là, Paul, avais-je pu déglutir enfin. Pourquoi ça m'ennuierait, vous êtes malade. Vous êtes sa famille. Et puis d'abord, vous êtes chez vous. C'est drôle. Nous allons donc être voisins si j'ai bien compris. C'est amusant, non.

Je souriais mais c'était comme si un nuage s'était posé au-dessus de ma tête et ne bougeait plus.

Hannah et moi occupions le premier. Lorsque je m'avançais désormais sur notre balcon, je battais rapidement en retraite pour ne pas avoir affaire à lui — il errait souvent dans le jardin de la copropriété, tournait autour de la piscine et jetait un coup d'œil en direction de notre appartement au-dessus du leur, et son œil avait un éclat sourd.

Le courant n'était jamais passé entre lui et moi, pas le moindre atome crochu. M'observant dans le miroir, je me demandais comment il réagirait en découvrant ma nouvelle figure, mon visage bouffi, mes yeux pochés, mes multiples égratignures.

Au fond de lui, père t'aime bien, me disait-elle.

Il rêve de me voir griller en enfer, ce salaud, ce cul béni. Qu'est-ce que tu me racontes.

J'imaginais très bien le sourire qu'il allait avoir en m'ouvrant la porte, l'air qu'il allait prendre de celui à qui on ne la fait pas.

La nouvelle de leur retour et la perspective de leur emménagement dans l'appartement du rez-de-chaussée m'avaient alors littéralement assommé et je m'étais senti tendu durant plusieurs jours. Puis je m'étais réveillé un matin et deux camions étaient garés un peu plus bas, dans l'allée, et leurs moteurs tournaient au ralenti et les gars sont sortis et j'ai vu défiler sous mes yeux, sur leur dos, le mobilier des parents d'Hannah, ce mobilier que je connaissais bien, table, chaises en skaï rouge, fauteuils, canapé en peau de zèbre, j'assistai à la navigation incertaine d'un train fantôme, à la lente procession des éléments nauséeux d'un décor qui se mettait en place, là, une commode chinoise, une machine italienne à couper le jambon et tout le bazar, toutes leurs fichues merdes qu'ils rapatriaient après la chute des banques.

J'avais dit je n'aime pas ça du tout, Hannah. Je n'ai pas envie de me retrouver nez à nez avec lui dans la piscine. Ton père me fait chier, tu comprends. Je suis désolé. J'ai remarqué que je ne dors plus bien depuis qu'ils sont là. Je ne vais pas pouvoir tenir le coup.

Je le pensais sincèrement. J'étais certain de partir bientôt en vrille dans de telles conditions. Mais des mois, des années ont passé, tellement vite, c'est hallucinant.

Je me suis un peu arrangé la figure. J'ai quelques notions sur ce sujet, bien entendu, et j'ai le matériel nécessaire à portée de la main — les crèmes, les poudres, les fonds de teint et démaquillants, lingettes, gloss, faux cils sont fournis et ce n'est pas rien au prix où sont les cosmétiques.

Je me change puis Hannah et moi descendons. Il vient nous ouvrir. Dès qu'il pose le regard sur moi, ses yeux s'écarquillent.

Il me prend par le coude avant de glousser. Oh Denis, oh mon pauvre vieux, me ricane-t-il à l'oreille, mais qu'est-ce qui vous a mis dans cet état. Vous auriez fait une mauvaise rencontre.

Ses yeux brillent. S'il me prenait l'envie de l'insulter je n'y parviendrais même pas tant mes lèvres sont gonflées, mes mâchoires douloureuses. Il me conduit jusqu'au bar et me sert un verre pour me remettre. Je vois qu'il a déjà le sien. Je prends une paille et je parviens à la glisser entre mes lèvres. Hannah va rejoindre sa mère et nous abandonne son père et moi. Il me dit vous fréquentez un drôle de milieu, Denis, laissez-moi vous le dire, mon vieux.

J'écarte les bras et les laisse retomber contre mes cuisses. Je soupire.

Paul, mais vous n'y êtes pas du tout. Vous vous trompez. Je joue dans un spectacle. Je suis acteur. Attendez, je désespère de vous en convaincre un jour. Je fais ça depuis des années, je vous le dis depuis le début, pour moi c'est un travail comme un autre. N'allez pas chercher autre chose. Ce n'est pas ma faute si les écrivains sont si mal payés dans ce pays, comparés aux sportifs, qu'ils doivent trouver un second emploi. Non, c'est mon iPhone qu'ils voulaient ces dégénérés et je venais de l'acheter, il était tout neuf.

Le crépuscule descend. Son sourire s'élargit comme si je venais de lui raconter une blague encore plus drôle que la précédente. Il était en train de regarder du golf lorsque nous sommes arrivés. Il est en plein tournoi de Shanghai. Johnson a réalisé un eagle au seizième trou, m'annonce-t-il en se tournant vers les images qui défilent sur l'écran.

Il paraît que Tiger a repris du poids, déclaré-je. Comment est-ce possible. Qu'est-ce qu'il a dans le crâne.

Je m'assieds à côté de lui sur le canapé tandis qu'il remonte le son mais c'est un moment silencieux durant lequel Johnson se concentre. Le présentateur parle à voix basse, attendant que la balle s'envole à deux cent cinquante à l'heure. On entend des pépiements d'oiseaux. Et c'est le sifflement du swing.

Paul, dis-je, écoutez-moi, c'est super dur en ce moment. Les livres ne se vendent pas. En tout cas les miens. Ce qui m'amène à vous demander, Paul, j'entends, à propos du loyer, ma foi, un coup de pouce nous ferait du bien, vous voyez.

De l'autre côté des baies Hannah et sa mère discutent au bord du bassin en compagnie de quelques voisins. Le jacuzzi fume. Il ne fait pas très chaud pour se baigner mais l'eau est à trente degrés et certains font des longueurs à la tombée de la nuit. La copropriété compte une douzaine d'appartements et autant de studios répartis entre quatre bâtiments qui ont un accès direct à la piscine et au jardin que d'ordinaire sillonnent des types en short vert montés sur des moto-culteurs — je me suis servi de leur panoplie, réduite à un minishort en cuir et une brassière Nasty Gal fleurie, genre Selena Gomez, dans mon dernier spectacle et le public a bien marché.

Je baisse la tête en attendant qu'il se décide à me répondre. Je lui accorde quelques minutes pour le laisser jouir de la situation.

Je ne dis rien lorsqu'il pose la main sur mon épaule.

Il me dit Denis, je me demande si c'est un service à vous rendre.

Je suis obligé de lever les yeux sur lui. De lui offrir une prière muette — qui me dégoûte. Au fond de lui Paul est un fou enragé, je le vois clairement dans son regard. Je suis à la merci d'un fou enragé.

Il finit par se pencher vers mon oreille et me souffle sur un ton puant de fausse empathie écoutez, Denis, ça m'embête de vous dire ça, mon vieux, mais je trouve que vous êtes pas rai-sonnable. Non, sincèrement. Un homme doit être capable de payer son loyer. C'est la moindre des choses. Nom d'un chien, vous pourriez être un peu plus responsable. Vous êtes le mari de ma fille, je ne veux pas avoir à me soucier pour elle, je ne veux pas trembler pour elle, c'est ce que je veux vous dire, vous comprenez.

J'aimerais sourire à son misérable discours mais toute la figure me cuit comme une boule de feu. Je fais celui qui n'a pas entendu. En tout cas, dis-je, votre aide serait la bienvenue. Pensez ce que vous voulez, Paul. Je me donne beaucoup plus de mal que vous ne vous en donnez. Je dois aller gagner de l'argent, entre autres. Ça vous dit quelque chose, non, gagner de l'argent, peut-être que vous avez oublié ce que c'est, Paul, peut-être que c'est loin pour vous, mais ça ne tombe pas du ciel. Les billets ne sont pas accrochés dans les arbres. Comment vivre dans ce pays quand on est écrivain si l'on n'a pas de revenus complémentaires. Je suis sincèrement désolé d'être écrivain plutôt que champion de tennis, ne croyez pas que ça m'amuse.

Il s'écarte de moi et s'apprête à m'annoncer qu'il y a d'autres moyens pour gagner sa vie que de se produire en bas résille sur la scène d'un cabaret de seconde zone essentiellement fréquenté par des travelos, mais il se retient car la mère et la fille à l'instant remontent du jardin et nous rejoignent. Je sais ce qu'il pense de moi. Et je m'en moque. Je suis presque ravi de lui imposer mon visage meurtri qui tourne au bleu-mauve, au gris-rose, mon œil poché. Je vois qu'il grimace de dégoût.

Alors, les filles, leur lance-t-il. Ça boume, les filles.

Avant qu'elles ne s'approchent je lui glisse bon, alors Paul, que fait-on pour ce loyer et vous

19

savez bien que je ne demande pas ça pour moi, mais qu'est-ce qu'on fait.

Il me répond d'un geste agacé — que je prends aussitôt pour une manière de passer l'éponge sur le mois de loyer que nous avons en retard et peut-être, suggéré-je, sur le prochain si la situation continue de se dégrader. Il me semble entendre un grognement, des dents grincer avant qu'il ne s'en aille au-devant des deux femmes, les bras écartés comme des pinces.

Veronica manifeste davantage de compassion à mon égard. Elle me prend par le bras pour me reconduire sur le canapé d'où je viens. Elle veut que je reste assis, que je me fasse servir en toutes choses. Elle garde ma main entre les siennes durant une bonne minute. Sans rien dire. Elle est le portrait inverse de sa fille. C'est une brune aux cheveux raides, plutôt silencieuse. Pendant ce temps, Paul et Hannah sont plantés debout devant l'écran. Les images sont retransmises en direct de Shanghai. J'ai beaucoup appris de mes erreurs passées et j'ai su rester patient déclare Dustin Johnson à la fin de la partie, souriant d'une oreille à l'autre. Hannah sort des mains de son coiffeur et c'est une avalanche de boucles blondes qui brille comme un soleil sur la terrasse où elle s'entretient à présent avec son père.

Il se fait du souci pour sa fille, me dit sa mère.

Je lui retire ma main. Il m'a forcé à l'épouser, répliqué-je. Qu'est-ce que je vous ai dit, Veronica. Je ne vous ai pas dit que vous faisiez erreur, que j'étais pratiquement sûr de ne jamais pouvoir lui offrir le même train de vie, le même confort financier, mais est-ce qu'il m'a écouté, est-ce que vous m'avez écouté une minute. Maintenant attendez. Je vais vous confier quelque chose. Je trouve que je me débrouille assez bien. Il y a quelques petits incidents, bien sûr, comme ces stupides découverts, comme ce stupide loyer, mais je parviens presque à le régler chaque mois, et idem pour les dépenses courantes. Alors qu'on ne vienne pas me reprocher de ne pas en faire assez, je n'ai que deux bras et deux jambes. Venez voir au milieu de la nuit, vous serez surprise, vous trouverez de la lumière à la fenêtre de ma chambre. Je ne dors pas.

Elle reprend ma main. Elle sait tout ça. Elle tient à me rassurer tout en insistant sur le fait que Paul est dans son rôle de père. Mais il voit bien que sa fille n'est pas malheureuse et c'est ce qui compte.

Je souris amèrement, ce qui a pour effet de me rouvrir la lèvre. Je sors un mouchoir pour éponger le sang.

Je reconnais que Paul est un peu rigide, soupire-t-elle.

Un peu rigide. Vous le trouvez juste un peu rigide. Vous n'avez pas peur des mots, vous. J'aime bien.

Écoutez, Denis, j'ai des côtelettes au congélateur. Est-ce que ça vous dit, des côtelettes d'agneau.

Non, merci. Je dois remonter. J'ai un papier à rendre pour demain. Je vais prendre un anti-douleur et me mettre au travail, vous voyez. Peut-être un euphorisant. Puis vers minuit j'irai faire mon numéro et je rentrerai à l'aube. Je connais le mépris de Paul pour l'argent qu'on gagne à la sueur de son front, comme c'est vulgaire à ses yeux, mais c'est le meilleur argent du monde, le plus fantastique, c'est mieux que de l'or. Et je suis payé tous les soirs, dès que je sors de scène. Je fourre les billets dans ma poche. Je peux les caresser en marchant et j'ai le sourire aux lèvres.

Moulu, j'ai peine à m'extraire des profondeurs du canapé en peau de bête où nous avons devisé mais je serre les dents et me redresse, je remonte chez moi sans même emprunter l'ascenseur tant je suis ragaillardi d'avoir évité ce sinistre repas en leur sinistre compagnie.

Au moment d'ouvrir, je m'aperçois que je n'ai pas mes clés. Mais je n'ai pas le temps de jurer entre mes dents qu'Hannah est déjà là pour m'ouvrir la porte. J'entre et lui demande de m'excuser auprès de son père pour avoir fichu le camp si promptement. Qui d'ailleurs, la renseigné-je, n'a pas fait tant d'histoires au bout du compte, je dois bien le reconnaître. Comme elle n'a pas encore compris que son père était un monstre, elle saute sur la moindre occasion pour améliorer la piètre opinion que j'ai de lui. Tu vois, me dit-elle, tu vois qu'il a bon cœur.

Malgré mes blessures, je donne un coup de poing dans le mur. Ton père n'a pas bon cœur, Hannah. Écoute-moi bien, ton père n'a pas bon cœur du tout.

Elle me confectionne un sandwich avant de redescendre et je me mets au travail. Tous ces livres sur la guerre de 14 me donnent envie de pleurer, ils me font gémir d'ennui. Au bout de quelques heures, songeant à m'ouvrir les veines de consternation, je m'apprête à ressortir pour retrouver Christian à *L'Ulysse* et lui montrer de quoi j'ai l'air, mais je tombe sur Paul qui frappe à la porte d'entrée au milieu de la nuit pour demander de la moutarde. Il me suit dans la cuisine. Pour le loyer, donc, j'ai bien réfléchi, m'annonce-t-il. Alors, écoutez, je ne vais pas vous en faire cadeau. Non, c'est trop facile. Ça ne peut pas continuer. Ce n'est pas vous rendre service. Alors voilà. Vous avez une dette envers moi à partir de maintenant, vous voyez. Vous me devez cet argent. Je vais être patient, mais pas indéfiniment. Je suis sérieux, Denis. Je fais ça pour vous, mon vieux, pour vous rendre responsable.

Je le regarde. Il a vingt-cinq ans de plus que moi. Je lui dis ne vous occupez pas de mon éducation, Paul. Prenez votre moutarde. Là, dans le frigo. Allez-y. Vous aurez votre argent. Vous pouvez dormir tranquille. Servez-vous. Prenez la mayonnaise aussi. Je vous l'offre.

Il a un moment d'hésitation puis ricane en silence.

Je fais demi-tour. Bon, je vous laisse vous débrouiller, Paul, vous connaissez le chemin.

J'avais réellement l'intention de lui donner cet argent — et même le plus tôt possible. J'étais absolument sincère. Je n'envisageais pas un seul instant de ne pas honorer ma dette, de ne pas le payer au centime près. Je ne voulais plus rien lui devoir.

Christian m'a gardé un moment dans la pénombre de son bureau et il a déclaré que c'était de la fierté mal placée de ma part, que dans ma situation il n'aurait pas payé une seule fois le loyer de cet appartement. Tu le vois jeter sa propre fille à la rue, sa fille chérie.

Il m'a fait mettre en slip pour m'inspecter. Je me rhabille à présent et me rassieds devant lui. On entend les bribes d'une chanson de Barbra Streisand en provenance de la salle — *Evergreen,* relativement massacrée mais le type est jeune et il a un corps de rêve, je le reconnais. Christian me considère puis soupire. Ça va pas le faire pendant un moment, Denis. T'es pas très beau à voir.

Je me penche en avant. Ne me mets pas sur la touche, Christian. Je sais m'arranger, personne n'y verra rien. Arrête. Ce n'est pas le moment de me lâcher. Je vais mettre des collants couleur chair et ils n'y verront que du feu. Et j'ai des gants de soie qui montent au-dessus du coude. Superbes. Il n'y a aucun problème, Christian.

Il grimace. Il sait que j'ai mon public, qu'on ne m'en voudra pas pour quelques hématomes quand je serai penché sur le micro, pris dans le halo du projecteur — en train de mâchouiller du bout des lèvres *I Put a Spell on You* dans une robe en lamé, avec une longue chevelure rousse et des jambes fraîchement rasées.

Tu as tort de traîner dans ces coins-là, soupire-t-il. Tu vas finir par te faire sérieusement amocher, Denis.

Je ne réponds rien. Sans doute y a-t-il des histoires quelquefois. Comme il y en a beaucoup, comme dans toutes les villes du monde, mais nous ne sommes pas à Caracas ou dans une banlieue de Detroit, il exagère. J'ai été trop confiant, c'est tout. C'est moi. J'ai passé la soirée accroché à mon iPhone comme un débile mental.

Je n'aimerais pas aller te chercher dans un terrain vague, insiste-t-il.

Christian, Christian…, soupiré-je, dès que tu portes une robe, ici-bas, ta vie est en danger. Même ici. Même en plein centre-ville. L'espèce humaine est la plus violente, la plus terrible de toutes. Il y a les chasseurs et les proies. On me reproche d'être un auteur sombre, mais si je décrivais la réalité, Christian, les gens partiraient en courant, ils iraient se cacher sous terre, ils se couvriraient la tête de cendres, nous vivons comme des bêtes, non.

Je me penche pour me verser un peu de ce whisky au miel qu'on lui envoie exprès d'Irlande et dont je raffole avec un glaçon.

Dans mon dos la porte s'ouvre sur une fille à demi nue qui se plaint de n'avoir plus de lingettes pour se démaquiller. De l'autre côté du couloir, derrière elle, j'aperçois une partie de la salle et le jeune gars, Ramon, qui copie outrageusement mon jeu de scène et mes intonations, sans la moindre vergogne. Mais enlevez-lui la beauté, ce type n'a aucun talent. Je dis à la fille entrez ou sortez mais fermez la porte.

De retour à l'appartement. Hannah est couchée. Un rai de lumière filtre cependant de sa chambre. Sa porte s'ouvre.

Elle est en pyjama, un pyjama d'homme. La veste, qui n'est fermée que d'un seul bouton, laisse échapper le bout d'un sein d'entre ses pans. Christian t'embrasse, dis-je. Recouche-toi. Je vais travailler encore un peu. L'argent doit rentrer, tu es au courant.

Père prétend que tu ne fais pas le maximum, mais je sais bien qu'il se trompe.

Ne t'occupe pas de ça. Je vais régler ce problème, je vais trouver cet argent et j'espère qu'il va s'étouffer avec.

Ne dis pas ça, je n'aime pas que tu parles comme ça. Ce n'est pas l'argent, il en a suffisamment.

Écoute-moi, je n'ai plus de mère et pratiquement plus de père depuis des lustres. Je m'en suis sorti. Le temps des leçons est terminé. Peu importe qu'il ait amassé son magot en vendant des poulets surgelés, ça ne me gêne pas. Tant qu'il ne vient pas me faire la morale, tant qu'il se mêle de la vie de n'importe qui d'autre. Pas de la mienne.

Elle sourit, puis baisse la tête. Elle le fait souvent. J'ai donné ta robe à retoucher, me dit-elle. À nettoyer aussi.

Merci Hannah. Mais je m'en serais occupé. Retourne te coucher. Tout va très bien. Dors bien.

Avant de rejoindre ma chambre, je fais quelques pas sur la terrasse. J'avance prudemment, mais à cette heure il n'y a pas beaucoup de risques que je tombe sur Paul errant au milieu du jardin, dans la nuit froide. Je m'avance jusqu'à la balustrade et jette un coup d'œil en bas mais il n'y a rien. Je me redresse. L'air frais sur ma figure me fait du bien. Je sens que je dégonfle. La vie était relativement agréable, ici, avant qu'ils ne viennent s'installer en dessous. Une vie sans plaies ni bosses, un peu déconnectée, un peu fade, une vie dont on pouvait se désintéresser facilement mais où des types néanmoins tondaient le gazon pour vous et nettoyaient la piscine. C'était calme, c'était propre. En joggings dorés, de bon matin, en baskets à paillettes, des gens promenaient leur chien et toutes sortes de bestioles au bout d'une laisse — des rats, des lézards, des cochons nains, des belettes, dont ils ramassaient les excréments dans des sachets, à la main, j'ai tellement honte pour eux, quelle honte pour notre espèce, quelle pitrerie, mais enfin bref. J'entends dire que c'est comme un village, que nous sommes une sorte de communauté. Ah ah. Ah ah ah. Si j'avais les moyens, je partirais d'ici sur-le-champ, j'irais m'installer en Italie. J'entends depuis qu'ils sont là, depuis qu'ils occupent le rez-de-chaussée. Cette promiscuité infernale qu'il m'impose. Mon connard de beau-père. Ce sentiment que j'ai d'être observé, espionné. Le sourire méprisant qu'il réserve à certaines filles de mon entourage professionnel qu'il croise dans le hall. Il feint de s'étonner. Il m'arrête, les yeux écarquillés.

Non, Denis. Non. Je ne vous crois pas. Quoi. Cette blonde. Cette époustouflante créature. Je ne vous crois pas.

Son regard brille, ses joues rosissent. J'ai eu deux ou trois fois la tentation de lui envoyer l'une de mes amies et de faire quelques polaroids pour le tenir à ma merci et avoir la paix et ne plus avoir de loyer à payer par la même occasion. Paul sodomisé.

La nuit sent l'herbe humide et la forêt. Je ne l'ai pas encore fait. Je ne le fais pas pour Hannah. Cet hiver sera le second hiver qu'ils passent ici et j'ai l'impression qu'ils ont renversé un pot de glu sur moi.

J'en frissonne encore un instant sur la terrasse. Mon visage me fait un peu mal, mais ça va, je m'en tire bien, mes dents sont là, mon nez n'est pas cassé, je m'en tire à bon compte. Je bâille. Je suis satisfait de la décision que Christian a prise et qui me permet de ne pas sombrer financièrement. De ce côté, je respire, car ce ne sont pas mes maigres ressources d'écrivain qui suffisent — pas plus que les différents papiers que je rends ici ou là, mes tables rondes, mes interventions à la radio.

Avec Christian je double mon salaire, c'est aussi simple que ça. Pour moi ce soir — bien que déjà l'horizon tremble dans l'aube incertaine — la tension a ainsi baissé d'un cran, je souffle. Il est presque six heures du matin. J'ai tout de suite pensé à ça en atterrissant sur le ballast, à l'état dans lequel j'allais me retrouver et si j'allais pouvoir faire mon numéro, si je n'étais pas plutôt en miettes, et voilà, je suis rassuré. Je décompresse, je souffle.

Je dors dix heures d'affilée. Depuis que j'ai mis un surmatelas en ouate de microfibre, je sais ce que dormir veut dire et j'ouvre les yeux avec le sourire aux lèvres. Je ne souris pas trop car elles sont fendues, mais je suis de bonne humeur. Quand Hannah m'apporte mon petit déjeuner, je la laisse prendre place à mes côtés — à condition qu'elle ne me touche pas de ses pieds glacés et qu'elle rentre ce fichu mamelon rose — car je sais qu'elle est contente de rester près de moi, à me regarder beurrer mes toasts encore tièdes et les enduire de confiture. S'il y avait bien quelqu'un à qui je n'avais rien à reprocher, c'était elle, c'était Hannah, cette femme un peu fêlée, au sourire un peu niais, cette poupée Barbie grandeur nature, aux longs cils, à l'âme innocente.

Lorsque parfois j'observais Paul à la dérobée, je me posais des questions sur lui, je me demandais quel genre de père il avait été pour elle, comment il s'était comporté, car je sentais bien que ce type était fou, en tout cas qu'il était dangereux. Elle refusait d'en parler, semblait perdre totalement les pédales si j'abordais le sujet — quant à Veronica, elle évacuait mes questions d'un geste vague qui signifiait qu'elle ne se souvenait pas très bien ou qu'elle ne comprenait pas très bien ce que je voulais tandis que de mon côté j'essayais de repérer des bleus sur ses bras blancs pour confondre Paul et le dénoncer à la police.

Hannah, je vais lui payer son foutu loyer, ai-je dit. Nous allons y arriver. J'ai vu Christian. Mais toi, ne fais pas l'andouille, n'oublie pas que nous pataugeons en pleine crise. Je ne les fabrique pas. Elle pose un instant sa joue contre mon épaule. Je dois arrêter de beurrer mes toasts. Je regarde la confiture de framboise couler doucement le long de la lame de mon couteau. Je sens qu'ils refroidissent. Bon écoute, dis-je, n'allons pas nous attendrir, hein, ressaisis-toi. Je sais que je ne suis pas beau à voir, mais ça va, dans deux ou trois jours il n'y paraîtra plus.

Elle se presse une dernière fois contre moi avant de se lever. J'ajoute en soupirant que je n'ai pas besoin d'être bercé, que je suis assez grand. Je lui propose plutôt de m'apporter le courrier, si elle veut se rendre utile. J'ai beau être parfaitement odieux avec elle, ça ne la décourage pas. Et ce sentiment qu'elle a pour moi, cette corde profonde que je fais vibrer en elle, ce pur produit de l'enfance, de l'innocence, me paralyse et m'émeut. J'ai l'impression qu'Hannah est une extraterrestre — avec tout ce que cela suppose. Je ne veux pas lui faire de mal. Mais j'ai beau la repousser, lui montrer ma laideur pour l'éloigner de moi ou qu'elle ne s'attache pas outre mesure, elle ne varie pas d'un pouce, je suis toujours son Chéri-Chéri — et ce n'est pas faute non plus de lui avoir rappelé qu'il s'agit d'un deal avec son père qui est de la vieille école de merde et qui considérait qu'il n'y avait pas d'autre choix pour moi si je ne voulais pas finir dans le fleuve.

Je l'avais vu discuter avec de drôles de types, plus d'une fois, courir de l'autre côté de la piscine pour prendre un appel en gardant une main devant la bouche. Mais sur ses agissements précis, sur le cœur de ses activités, ni sa femme ni sa fille n'avaient rien lâché. Il pouvait être fier d'elles, il avait là ses plus fidèles lieutenants. Parfois j'ai l'impression d'être entre leurs mains, que les mâchoires d'une pince terrifiante peuvent se refermer sur moi et m'écraser s'ils le décident. Ils sont le noyau dur, je suis l'élément rajouté, je sais qu'ils finiraient par s'unir contre moi au bout du compte.

Je respire encore un peu d'air frais avant d'aller me doucher.

Ma figure est bien moins congestionnée. Je me déshabille et m'installe devant ma coiffeuse. Je me penche pour me regarder de plus près. Je reste un bon moment à m'inspecter, clignant des yeux. Je tâche d'évaluer le travail qui m'attend pour me rendre à peu près présentable et plus excitante que je ne le suis. Je fais différentes grimaces, m'étudie sous différents angles.

Joël, mon éditeur, propose de me faire prendre en photo dans cet état pour la sortie de mon nouveau livre. Il pense qu'une image un peu cabossée peut plaire. Je lui demande si je dois mettre une cravate.

Ne viens pas en femme, dit-il. C'est tout ce que je te demande.

Quelques jours plus tard, je réapparais sur les listes des meilleures ventes. Ce n'est qu'un feu de paille mais cela prouve que Joël ne s'est pas trompé. Même chose à *L'Ulysse* où Christian est venu m'annoncer que mon public était ravi — mais ça, je le savais, je ne suis pas sourd, je ne suis pas complètement aveugle, et je compte utiliser ma nouvelle image pour mon prochain spectacle, pour interpréter *Fais-moi mal Johnny* par exemple, avec mon œil au beurre noir naturel et ma lèvre fendue.

Mes antidouleurs et mes coupes de champagne font assez bon ménage, et c'est au moins ça, je ne suis pas mécontent. Dans un cabaret de meilleure tenue que *L'Ulysse*, on ne vient pas consommer avec les clients, mais ici, Christian nous donne cinquante euros par bouteille, ce qui n'est pas négligeable dans ma situation — je ne vends guère plus de trois mille exemplaires, bon an mal an, et avec ça je peux dormir sous les ponts si le cœur m'en dit. Dans l'appartement situé sous le mien habite l'homme qui a fait fortune en plumant des poulets par wagons entiers et qui me saigne sans la moindre hésitation des malheureux euros que je parviens à gagner. Il s'agit d'une somme affreusement ridicule pour lui, d'une broutille.

Il revient pourtant à la charge, une semaine plus tard. Il fait un froid de décembre, pas très méchant. Les arbres n'ont presque plus de feuilles, le ciel est gris clair. Hannah et sa mère nous ont traînés à une brocante au bord du fleuve et il me retient par le coude tandis que les deux femmes nous distancent et il me dit maintenant, Denis, écoutez-moi bien. Je vous laisse encore une semaine pour payer votre dette. Après quoi je la revends à d'autres qui se chargeront de vous la faire honorer comme bon leur semblera. Ça ne sera plus de mon ressort, vous comprenez. J'espère que vous comprenez bien.

Mais dites-moi, Paul, mais à quoi vous jouez, ai-je répondu. Ça vous prend comme ça, subitement.

J'ai en main une potiche de cuivre que j'examinais un instant plus tôt et je me retiens de ne pas la lui fracasser sur la tête. Je dégage mon bras de sa prise en le dévisageant.

Une semaine, dit-il. Pas une heure de plus, ma patience est à bout.

Eh bien, prenez donc un Xanax, Paul, lui ai-je répondu. Prenez-en même deux.

Hannah est venue voir ce qui se passait et nous l'avons rassurée, il a posé sa main sur mon épaule. Ce type est aussi fiable qu'un vendeur de voitures. Et je l'entends encore, une fois le mariage prononcé, me parlant de sa fille, me disant qu'il préfère que cette idiote épouse un écrivain qu'un représentant de balais à chiottes, à choisir.

J'approuvais son choix mais en même temps il s'agissait de moi, ce qui était beaucoup moins drôle. Et le résultat final se révéla littéralement sinistre un mois plus tard quand elle perdit l'enfant — et que du même coup partit en fumée cette obligation de mariage qu'on avait célébré dans l'urgence. Tout ça pour rien. Je ne dessaoulai pas durant trois jours puis des amis de Paul me retrouvèrent dans ma voiture, sur un parking, et me reconduisirent chez moi sans me demander mon avis et m'administrèrent une douche glacée sans me le demander davantage — après quoi Hannah jeta un peignoir sur mes épaules, m'allongea sur le lit et m'enlaça, me berça, me caressa les joues, versa ses larmes dans mes cheveux, me couvrit la tête de baisers, me sourit.

Cet argent malheureusement, je ne sais pas où je vais le trouver. Ma dernière tentative, qui m'a vu passer par la fenêtre d'un wagon et faire un vol plané sur le ballast, augure mal de la suite si je ne prends pas plus de précautions, et encore. Je ne sais pas. Mon père ne me les donnera pas et je n'envisage pas d'attaquer une banque, pas plus que je ne compte subir les derniers outrages d'une bande de cadres avinés, bramant à la lune, à peine sortis d'un zoo — mais l'argent est là, bien entendu, dans les poches de ces types qui cherchent du spécial, qui aiment les bites, en général ils ne sont pas manchots et c'est la raison pour laquelle j'ai dérouillé l'autre jour avant qu'ils ne me balancent par-dessus bord, parce que je suis tombé sur le modèle athlétique, un vrai cauchemar. Ces gars-là, on ne peut pas leur parler, on ne trouve pas le chemin qui mène à leur cerveau. Je leur ai rendu l'argent et je leur ai donné le mien en prime. Je leur ai fait mes excuses. Mais ce genre de types ne valent rien. Ils arrivaient du fin fond de je ne sais quelle campagne, j'imagine, du fond des âges, peut-être, méfiants comme des singes, ombrageux, et j'ai commis l'erreur de penser que j'étais plus malin qu'eux, j'ai commis cette faute impardonnable, oh j'ai fait cette énorme bêtise et résultat, ils sont quatre, ils se lèvent, et ils me tombent dessus, ils me tabassent copieusement avant de me jeter par une fenêtre du wagon. Je les entends dire que ça va m'apprendre à vivre, je les entends s'esclaffer en arrachant mes faux seins.

Noël approche. Avec peine, je parviens à réunir la moitié de ce fichu loyer, c'est tout.

Je sonne chez lui, je mets l'argent sur la table.

Normalement, j'ai jusqu'à demain, dis-je. Mais ça ne sert à rien d'attendre. Je n'espère pas d'entrées avant le mois prochain. Je suis désolé, Paul, je ne sais pas quoi vous dire de plus.

Il me considère un instant puis fait demi-tour sans prononcer le moindre mot et se dirige vers son minibar. Je reste sur le seuil de sa porte. Il soupire. Il me tourne le dos. Il secoue la tête. Il porte un kimono court et un caleçon. Il a des petits mollets de coq couverts de poils blancs. Il me fait signe d'approcher, d'un geste impatient. Je m'exécute et découvre par-dessus son épaule qu'il est en train de se préparer une boisson blanche un peu épaisse, qu'il goûte à la petite cuillère.

C'est ça ou je meurs, me dit-il. C'est censé tapisser les parois de mon estomac. M'épargner les brûlures.

J'allume une cigarette. Je dis c'est quand même terrible d'en arriver là, franchement, j'entends entre vous et moi.

Il me dit Denis, vous devenez un vrai problème. Ça ne va plus du tout. Il y a des règles. Tout à fait. Il y a des règles. Elles sont valables pour vous, elles sont valables pour moi, elles sont valables pour chacun d'entre nous. On ne peut même pas en discuter, c'est inutile. Sinon c'est quoi, c'est l'anarchie, il n'y a plus rien de possible, plus rien ne peut fonctionner, c'est ce que vous voulez, dites-moi, c'est ce monde que vous voulez.

Son air est empreint de tension rageuse. Ses yeux surtout brillent d'un éclat noir. Je crois que si j'étais en femme, il me frapperait, je le sens très bien. J'essaie de ne pas lui envoyer ma fumée dans la figure, j'adopte un profil bas. Je ne tiens pas à voir sa colère exploser contre moi. Je ne sais pas très bien qui est Paul, au juste, et je ne cherche pas à le savoir, ce que j'en sais me suffit, ce que j'en sais me dit de m'en méfier comme de la peste. Surtout s'il est contrarié.

J'ai trente-six moyens de récupérer cet argent, m'annonce-t-il d'une voix sourde. Reste à choisir lequel.

Écoutez, Paul, ce n'est pas comme si j'avais joué aux cartes ou perdu aux courses. Je ne suis pas tout seul vous voyez, enfin je ne vais pas m'étendre. Et pour tout dire, je ne dépense rien, Paul. Je dépense trois fois rien.

Arrêtez, Denis, fait-il entre ses dents. J'ai vu vos satanés relevés, mon petit vieux. Je connais le prix de vos costumes.

Oui mais attendez, Paul, ce sont mes outils de travail.

Vos outils de travail. Ah Ah. Fuck you. Fuck you.

Je regarde une petit veine bleue battre contre sa tempe. Il est rare de l'entendre jurer à ce point, et presque taper du pied. Ce type est un caractériel, un psychopathe en sommeil — et voilà qu'il commence à ouvrir un œil, voilà que le rideau commence à se déchirer pour une insane histoire de loyer en souffrance.

Paul, dis-je, ce sont mes vêtements de scène. Mettez-vous ça dans la tête une bonne fois pour toutes. Ne faites donc pas une fixation là-dessus. Ne devenez pas pesant avec ça.

Pardon, moi pesant. Espèce de petite merde. Moi pesant. Fuck you. Fuck you.

J'hésite à le féliciter pour s'être mis à l'anglais, je dis blague à part, Paul, je suis étonné de l'agressivité que vous manifestez à mon égard. Ça n'a jamais très bien fonctionné entre nous, oui, sans doute, mais nous sommes allés pêcher ensemble, ça fonctionnait quoi, tandis qu'aujourd'hui ça empire, non. Ça atteint des proportions inquiétantes. Je pensais que nos différences finiraient par se réduire au fil du temps alors qu'elles grandissent au contraire, alors qu'elles s'épanouissent et s'aiguisent de jour en jour. Vous êtes en guerre permanente contre moi, je vous sors par les yeux, je le sais, mais à qui la faute, qui a scellé nos chaînes de A à Z, qui a concocté ce plan fabuleux, dites-moi. Qui m'a obligé à épouser Hannah et qui nous a flanqués pratiquement de force dans cet appartement hors de prix. Vous le saviez que j'étais écrivain, non, vous le saviez que nous n'allions pas rouler sur l'or. Mais vous, la littérature, ça vous passe au-dessus, n'est-ce pas, vous

vous en foutez. Mais attendez que je ramasse un prix et on verra la tête que vous ferez. Attendez que je passe à la télé. Je donnerais vraiment cher pour voir ça, la tête que vous ferez. Je ne louperai pas ce spectacle. Je vous prie de me croire, Paul. Pour rien au monde. Je vous le jure.

Il se concentre un instant sur sa potion blanchâtre, absolument opaque, qui semble avoir la consistance de la peinture acrylique pour extérieur, après quoi il l'avale d'un trait.

Puis il se calme. Vous avez raison, Denis, nous n'en sommes pas encore là. Ce n'est pas demain que vous allez en décrocher un de prix, parti comme c'est.

Je hausse les épaules et souris à son sarcasme. S'il vous plaît, ne soyez pas blessant. Essayez de vous retenir. Ne parlez pas d'une chose à laquelle vous ne connaissez rien. Est-ce que je viens voir ce que vous fabriquez. Ça vous plairait que je vienne mettre mon nez dans la conduite de vos affaires. Des journaux achètent ma signature, vous savez. Mes critiques, ça vous dit quelque chose. Ma chronique dans *Vanity Fair*. Mes trucs sur France Culture. Enfin quoi, tenez-vous un peu au courant plutôt que de brandir mes relevés bancaires. Ça ne se mesure pas comme ça, heureusement, pas au nombre de livres que vous vendez. Ça ne vous est pas venu à l'idée, non.

Son visage prend une expression cruelle. Il penche la tête de côté. Arrêtez, me rétorque-t-il sur un ton amer, ne me prenez pas de haut,

Denis. Vous croyez que vous m'impressionnez, vous croyez que ça me fait quelque chose de causer à un écrivain, non mais vous m'avez regardé. Surtout quand j'ai affaire à un mauvais payeur et là il n'y a plus d'écrivain qui tienne, vous êtes un homme qui ne respecte pas ses engagements, voilà ce que vous êtes, voilà ce que vous êtes avant tout, mon petit vieux. Ce n'est pas très reluisant. Si vous n'étiez pas le mari de ma fille, le problème serait réglé depuis longtemps.

C'était clair et net. Il ne me l'envoyait pas dire. D'une certaine manière, j'en étais assez effondré. Sans doute, une très grande part de moi-même, disons les neuf dixièmes, se fichait éperdument de la piètre estime en laquelle Paul me tenait. Néanmoins, le dixième restant s'en trouvait assommé. Je n'allais pas en mourir, bien entendu, mais c'était mon beau-père, ça me touchait d'assez près, un type qui faisait commerce dans l'intimidation et la violence, dans l'encaissement et l'extorsion, un type sans âme que je n'avais jamais vu avec un livre à la main — en dehors d'un des miens qu'il avait abandonné au bout d'un quart d'heure au bord de sa piscine en secouant lourdement la tête.

Je le revois s'avancer vers moi en grimaçant comme s'il s'était pris la main dans une porte. Désolé, Denis, m'avait-il dit, mais je n'ai pas pu finir votre bouquin. Je ne sais pas quoi vous dire. Il m'a foutu mal au crâne. C'est quoi. C'est ce qui se fait en ce moment ou quoi.

Clignant des yeux dans le soleil, il avait cherché Hannah du regard, mais nous l'avions entendue rire avec sa mère à l'intérieur et, rassuré, il avait poursuivi en se penchant vers moi — nous étions à présent hors de vue, dissimulés par un massif d'hortensias bleus. Écoutez, ne le prenez pas mal, m'avait-il déclaré sur un ton cassant, mais ça ne m'étonne pas qu'on vous paye des clopinettes pour vos histoires. Comment voulez-vous gagner votre vie en écrivant des trucs pareils.

J'avais répliqué je fais un gros travail sur la ponctuation, Paul, vous avez remarqué.

Je crois que le mieux serait que je vous prenne avec moi, avait-il soupiré. Je dois le faire pour ma fille. Je vais vous mette le pied à l'étrier, c'est la seule chose.

Il avait pris cet engagement il y a environ deux ans, lorsqu'il était venu s'installer ici avec Veronica et depuis, il rumine le refus que je lui ai opposé concernant son offre d'emploi. Et quelques mois plus tard, lorsque j'ai été nommé Chevalier des Arts et des Lettres et qu'il m'a vu blaguer avec le ministre, il a fait machine arrière, il est resté perplexe. Malheureusement, j'ai mangé mon pain blanc depuis, avec lui.

Aujourd'hui, il m'envoie Robert, son chauffeur — Robert ne m'adresse plus la parole depuis que je l'ai croisé un soir dans le hall, moi en robe et talons hauts. Sans un mot, donc, il me bouscule et me fait une clé de bras qui m'arrache un cri.

Nous descendons l'étage quatre à quatre en un grotesque et hasardeux ballet qui nous décoiffe.

Il me pousse devant mon beau-père qui joue au golf dans la pénombre de son salon suédois. McIlroy a remporté l'Open d'Australie, m'annonce-t-il en frappant une balle virtuelle qui s'envole sur l'écran. Vous êtes au courant. Ce type ne m'emballe pas. Je l'ai vu s'effondrer au Masters il y a deux ans. Pouah.

Je ne dis rien, je me masse l'épaule. Robert se tient en retrait, les mains croisées devant lui, secret, l'esprit apparemment ailleurs.

Paul travaille un instant son swing, puis il se tourne vers moi et me dit Denis, vous allez me rendre un service.

Je remonte chez moi un peu plus tard. C'est une journée couverte, cependant agréable, les gris sont lumineux, diaphanes, cotonneux, dilués, violacés, et il souffle un vent doux aux odeurs de forêt et de terre humide. Je ne sais pas si je m'en suis bien tiré ou non. Certes, j'ai encore les dix doigts que Robert était prêt à me casser un par un avant de s'attaquer à mes genoux et je ne suis pas plus abîmé que je ne l'étais en arrivant. Mais en dehors du fait que je ne mesure pas bien la portée de ce que Paul me demande, je m'interroge sur le prix que je paye en m'inclinant devant lui. Sans doute assez élevé. Que ma dette soit effacée et que mon prochain loyer soit offert ne m'apportent qu'un pâle réconfort. Je gémis doucement dans mon fauteuil d'osier. De même, lorsque Hannah rentre des courses et jette sur mes épaules un cardigan noir en cachemire d'Écosse, je ne lui adresse qu'un aimable sourire. Tu sais, l'heure est aux économies, déclaré-je d'une voix faible. Ton père est d'une humeur de chien.

Disant cela, fermant les yeux dans l'air frais qui balaye la terrasse, je caresse ma joue de la douce étoffe — je sais qu'Hannah n'y va pas par quatre chemins lorsqu'il s'agit d'entrer dans un magasin et de signer un chèque, mais, me dis-je, autant faire face aux épreuves et voir nos comptes sombrer dans le rouge si c'est pour l'un de ces délicieux cachemires tendres dont parlait Mallarmé.

Comme elle est dans mon dos, je suppose qu'elle se penche car je sens ses lèvres dans mon cou. En général, je la repousse, mais pour l'heure je ne bouge pas et pour finir elle vient sur moi. D'accord, mais tiens-toi tranquille, lui dis-je. Vois-tu, je suis préoccupé.

Malgré son avantageuse poitrine, elle ne pèse pas plus lourd qu'une enfant. Elle m'a rejoint sur la terrasse en tee-shirt. Elle frissonne. Je la serre dans mes bras.

Notre activité sexuelle est chiche depuis la fausse couche. Ainsi, la chose arrive-t-elle parfois ici ou là, sans prévenir, et sa rareté la transcende, transforme ainsi le simple jus en nectar. Cette fois, j'ai à peine eu le temps de lui demander de rester tranquille qu'elle a glissé une main dans mon pantalon. Et de mon côté, j'ai à peine gémi et soupiré oh non, Hannah, non, que je suis sur elle et lui retire sa culotte sans plus de précautions cependant qu'elle fait jaillir ses deux seins dans ma figure. Nous rentrons sans plus attendre.

Tandis que je referme la baie et laisse vaguer mon regard sur un ciel blanc mousseux, elle me suce. Je me tue parfois à me répéter que je cherche en vain ce qui se trouve devant ma porte, que je dois être ou aveugle ou fou. Mais je ne veux pas l'entendre.

Le plus difficile ensuite, une fois que nous avons conclu, consiste à me libérer de son étreinte. Nous sommes restés immobiles de longues minutes, l'un contre l'autre, trempés, apaisés, le souffle court. Mais dès que je tente de me redresser, estimant que le temps écoulé m'innocente par avance de toute accusation de précipitation, manque de tendresse ou de je ne sais quoi, elle me retient.

Je lui accorde encore deux ou trois minutes. Je souris car je sens comme une espèce de film visqueux et tiède entre nos corps mais je ne sais pas pourquoi je souris au juste. Elle veut m'embrasser. Je l'embrasse. Merci, lui dis-je, c'était vraiment très bon, c'était whaaa, mais j'ai encore ma chronique à écrire et tu sais que je dois me battre.

Rien à faire. Elle ne veut pas me lâcher. Que je me batte pour défendre une certaine idée de la littérature ne l'attendrit pas beaucoup, que des hordes de nouveaux écrivains s'avancent dans l'arène sans courage ne la contrarie pas outre mesure, elle se moque des mauvais livres dont je parle comme elle se moque des bons.

Allons, sois raisonnable, lui dis-je. Laisse-moi partir au combat, à présent. J'ai trois feuillets à rendre.

Au lieu de quoi elle se tortille contre mon ventre jusqu'à ce que je la pénètre de nouveau, presque à mon corps défendant. Oh Hannah, oh, là tu charries, lui dis-je.

Lorsque le soir tombe, elle m'apporte un repas. Je termine la phrase que je suis en train d'écrire et qui va encore m'attirer la haine d'un écrivain qui s'estimera mal traité, à juste raison, mais j'ai appris qu'il ne faut jamais mentir — du moins quand on pratique ce genre d'exercice, ou votre signature ne vaut plus rien.

Hannah prétend qu'on voit sur mon visage, comme on lirait dans un livre, si j'ai tressé des lauriers ou agoni certain auteur indigent lorsque je termine mon papier. Il semblerait que je prenne des couleurs quand j'ai aimé et que ma peau devienne blanche comme du marbre si je suis consterné. On dirait que tu es prêt à mordre, plaisante Hannah.

Non mais tu plaisantes, dis-je. Ce genre d'écrivain ne me fait ni chaud ni froid. Crois-moi, je suis comme un chirurgien avec son bistouri. Je ne mets aucun sentiment là-dedans. Que veux-tu que ça me fasse qu'un de ces dingues ne sache pas écrire.

Je mens, bien sûr. Je planterais mes dents avec plaisir dans leur gorge molle, je les viderais bien de leur sang, du peu qu'il leur reste encore — en tout cas pas de quoi accoucher d'une seule phrase qui vaille vraiment la peine, qui revendique une simple étincelle de vie. Mais je m'emporte. J'ai tout à fait conscience de la brutalité et de la démesure de ma réaction, mais je n'y peux rien, certains me font vraiment mal, certains ne méritent aucune pitié. Écrire de mauvais livres, c'est comme se mêler à une foule et tirer dans le tas.

Hannah m'a préparé une sorte de croque-monsieur. Je m'installe et je mange tandis qu'elle reste debout à mes côtés pour me regarder manger. J'ai remarqué qu'elle ne portait rien sous son peignoir, mais ça n'a plus rien éveillé en moi. Pas davantage qu'à présent, lorsqu'elle colle son bas-ventre contre mon bras.

N'y pense pas une seconde, lui dis-je en portant la serviette à mes lèvres. Sois raisonnable.

Elle affiche une moue que je connais. Nous le faisons si rarement que, m'ayant senti dans de bonnes dispositions au cours de l'après-midi, elle cherche à recommencer. C'est une sorte d'habitude, chez elle. Il y a un côté enfantin dans sa gourmandise, une innocente insatiabilité. Son sexe bave contre mon bras — je suis en tee-shirt.

Tu entends ce que je dis, Hannah. Regarde l'heure. Je dois me raser, je dois y aller. Écoute, je t'ai acheté ce machin, tu n'as qu'à t'en servir, ça ne m'ennuie pas du tout. Je sais que ce n'est pas pareil, je sais bien, mais regarde-moi, je dois encore m'arranger. Tu crois que j'ai le temps. Regarde-moi.

Je m'écarte d'elle en baissant la tête.

Tu ne m'aimes pas, dit-elle.

Je ne vois pas le rapport, Hannah. Nous avons baisé deux fois en début d'après-midi, souviens-toi, ce n'était pas hier. Et maintenant, si je ne bouge pas, je vais être en retard. Mais viens me voir, si tu veux. Ça fait longtemps que tu ne m'as pas entendu. Accompagne-moi.

Père n'aime pas, tu sais bien.

Père n'aime pas. Jésus Marie. Père n'aime pas. Est-ce que tu t'entends, seulement. Ah, la peste soit de lui. Tu dois comprendre, Hannah, tu dois comprendre une chose. Il existe un autre monde. Un monde où la foutue autorité de ton père n'a foutrement aucune espèce d'existence. Aucune. Tu es libre de faire ce que tu veux, tu n'es pas à ses ordres, Hannah, tu n'es pas sa chose, je dois te le répéter combien de fois, Jésus Marie Joseph.

Ses joues sont roses comme des pommes cuites. Je me demande parfois si elle ne serait pas aussi heureuse en jouant aux cartes ou aux billes, pourvu que ce soit avec moi. Je vois très bien ce qu'elle aime au fond. La première fois que nous avions couché, en se réveillant le lendemain, elle avait voulu que nous entamions une partie de dominos — au cours de laquelle, d'ailleurs, elle avait poussé les mêmes gémissements, les mêmes cris qu'un peu plus tôt, alors qu'elle s'agitait au-dessus de moi, frissonnant comme une feuille frêle dans un courant d'air moite. J'en avais ri avec elle. Je ne savais pas encore que je l'avais mise enceinte et que son père était un type de la pire espèce qui me tiendrait bientôt dans son poing.

Lorsque nous arrivons, la salle est pleine. Elle n'est pas très grande mais toutes les tables sont occupées, le bar n'a plus un seul tabouret de libre et Christian est satisfait. Il y a ce nouveau, Ramon, qui me copie outrageusement mais qui a vingt ans de moins — entretenus avec soin sur d'horribles machines, devant de grands miroirs complaisants.

Ne me dis pas qu'il chante bien, Christian. Il est vraiment limite. Tu deviens sourd. Il va couler la boîte.

Il ne m'écoute pas. Il n'a pas vu Hannah depuis des mois et mes remarques ne les intéressent ni l'un ni l'autre. Je déclare que je me retire dans les loges. Mon départ passe tout bonnement inaperçu, j'aurais pu être kidnappé sous leurs yeux. Sur scène, Ramon ne porte plus qu'un cache-sexe à franges dont il pense tirer parti pour détourner l'attention d'une lamentable exécution de *You are my Destiny* dont il devrait avoir honte, et le voilà qui se tortille sous les projecteurs comme un lézard sans tête. Jamais rien vu d'aussi grotesque.

Au moment où j'entre dans les loges, Milena me

tombe dans les bras. Elle est en larmes, son rimmel a coulé. Allons bon, me dis-je.

Quitte-le, quitte ce type, lui soufflé-je à l'oreille en l'entourant de mes bras. Tu vaux mieux que ça. Trouve quelqu'un qui peut comprendre, qui est prêt à t'accepter telle que tu es.

Les autres arrivent en renfort et la soutiennent tandis que je m'assieds en soupirant à côté de Jacqueline qui rase quelques poils superflus sur sa poitrine. Bon sang, me dit-elle, ils t'ont drôlement arrangée, ma pauvre.

Et là, ce n'est rien, j'ai désenflé, dis-je en me penchant tristement sur le miroir garni d'ampoules.

Mais je te l'avais dit. Je te l'avais pas dit, déclaret-elle avec un haussement d'épaules. Faut pas aller là-bas. Faut pas y aller seule. J'y ai laissé une dent une fois, mais j'aurais pu y laisser la vie.

Je voulais faire les poches de ces salauds, soupiré-je. J'ai ce maudit loyer, tu sais. Ce n'est pas avec ce que je gagne ici.

Remarque, c'est un super appartement, me confie-t-elle. On me le propose, je le prends tout de suite. À condition d'en payer une partie en nature, mais alors tout de suite. Je me damnerais pour habiter dans un machin comme ça. Attends, rien que la piscine. J'y passerais mes journées, je crois.

Oui, mais tout n'est pas rose, Jacqueline. J'ai mon beau-père comme voisin du dessous.

Ah ça, bien sûr, je ne te l'envie pas. Il me fiche la

trouille, cet homme-là. J'en ai entendu des vertes et des pas mûres, à son sujet.

Nous fumons une cigarette. Les loges empestent le tabac froid. Jacqueline s'étonne de me voir reprendre aussi vite. Je lui demande si je suis aussi moche que ça. Elle décide de me maquiller. Elle est la meilleure de nous tous et de nous toutes dans ce domaine et c'est un gentil cadeau qu'elle me fait.

C'est une magicienne. Se travestir ne lui suffit plus, elle songe sérieusement à changer de sexe, mais en attendant elle doit commencer à faire des économies car l'opération coûte cher. Mais tu me verras pas mettre les pieds dans ce maudit wagon, dit-elle, moi je ne suis pas folle. J'espère que ça t'a servi de leçon.

J'opine sans conviction tandis qu'elle s'affaire autour de moi, la mine concentrée, toute à son ouvrage, à ses crayons, ses crèmes, ses poudres, sa houppette. Je n'ai pas dit mon dernier mot dans cette histoire. J'ai parfaitement en tête le portrait des quatre hommes qui m'ont mis dans cet état, sans aucun doute. Je les entends encore. Mais Jacqueline serait la dernière personne à laquelle je me confierais si j'avais le moindre projet à l'esprit. Cette fille est un vrai panier percé en la matière. Non pas qu'elle soit une mauvaise camarade ou qu'elle veuille faire mal, non, c'est juste qu'elle est incapable de tenir sa langue, c'est maladif, c'est juste au-dessus de ses forces.

Hannah vient me voir avant mon entrée en scène et demeure stupéfaite par la transformation que Jacqueline a opérée sur moi — laquelle Jacqueline a tout appris de sa mère qui a maquillé, excusez du peu, Dustin Hoffman dans *Tootsie*. Il paraît que je suis superbe. Elle rendrait une guenon présentable, déclaré-je en l'écartant d'une main tandis que le rideau s'ouvre et que la lumière s'éteint dans la salle. Je suis accueillie par des applaudissements. J'ai un petit signe de tête pour mes admirateurs puis je m'empare du micro sans plus attendre. Et ce que je ressens à cet instant précis, au moment où ma voix s'échappe de ma gorge, ce bref instant de plénitude, cette seconde de ravissement qui me saisit chaque fois que je bascule dans mon personnage, je ne l'ai jamais connu en écrivant, écrire ne m'a jamais fait du bien et j'y consacre pourtant le plus clair de mon temps.

Je parviens à étirer *Fais-moi mal Johnny* sur une bonne dizaine de minutes. Franchement, je suis assez content. J'ai appris à rouler des hanches au fil de toutes ces années, à serrer un pied de micro entre mes jambes, à remuer mes faux seins, et je donne un beau spectacle. Je ne suis pas parfait mais je chante bien, j'ai une voix ensorcelante, paraît-il, ce n'est pas moi qui le dis.

En tout cas, le public est ravi. J'ai entendu des sifflets admiratifs durant mon interprétation et j'ai senti que la salle était chaude. J'avais juste passé une minijupe et un petit haut dans un tissu extensible, genre lycra, et j'ai fait monter la température de la salle en poussant des soupirs, des râles, des feulements — que Ramon pousse de façon grotesque, soit dit en passant —, en me caressant les hanches, la poitrine et les cuisses comme si je tentais de retenir l'eau giclant d'une passoire, comme si je craignais une explosion dans ma brûlante enveloppe, comme si mon corps tout entier prenait feu.

Des types se sont approchés vers la fin et se sont mis à glisser quelques billets dans mon corsage et dans le haut de mes bas, ce que je n'encourage pas, habituellement, ce que je n'aime pas beaucoup, mais je les laisse faire, ce soir. Parce que j'ai besoin d'argent pour commencer, mais aussi parce que j'ai plaisir à leur donner un peu de moi, à les laisser m'honorer comme ils le désirent.

J'empoche trois cents euros ce soir — plus exactement, glissés dans l'élastique de ma culotte — et je vais aussitôt dépenser cet argent si mal gagné dans les bars avoisinants en compagnie de quelques amis.

Et je ne surveille pas Hannah. Je suis responsable. Mon attention s'est relâchée et je la récupère assez saoule, vers quatre heures du matin, en débarquant d'une péniche.

Elle est absolument enchantée par cette soirée et manifeste la plus totale exubérance tandis que nous remontons le quai, elle chante, elle saute en l'air, elle s'esclaffe, elle pouffe.

Fais-moi le plaisir de ne pas vomir dans la voiture, lui dis-je.

La nuit est claire. Je conduis souplement. Je la surveille du coin de l'œil et m'amuse assez de la voir éméchée, riant d'un rien, saluant les autres conducteurs, cherchant une chanson à la radio. Briser ses chaînes a du bon, même si c'est pour un instant.

Lorsque nous arrivons, sa queue-de-cheval est en train de se défaire et une lourde gerbe de cheveux blonds dégringole en boucles d'or sur ses épaules. Un tel tableau est réjouissant. Je pourrais la remercier pour cette bonne soirée que nous avons passée mais je pense qu'elle n'est pas en état de recevoir quelque remerciement que ce soit. La nuit est claire, la lune est un véritable projecteur braqué sur nos têtes. Je la rattrape et la soutiens après une embardée sur les plates-bandes qui bordent l'entrée.

Je pousse la porte vitrée du hall plus ou moins transformé en forêt tropicale et il est là.

Hannah est à demi évanouie dans mes bras. Il est en robe de chambre. Il croise les bras, se raidit, blanc de rage.

Ne restez pas cloué là, dis-je. Aidez-moi à la monter. C'est une belle cuite, non. Prenez-lui les jambes.

Sans doute a-t-il davantage envie de me saisir à la gorge pour m'apprendre à vivre ou encore de m'arracher le cœur séance tenante, mais il me réserve juste un de ces sourires mauvais dont il a le secret avant de se pencher sur sa fille qui est en plein cirage.

Elle aime bien qu'on lui fiche un peu la paix, déclaré-je en attendant l'ascenseur. Elle a besoin de respirer.

Ah, épargnez-moi vos réflexions, lâche-t-il d'une voix sourde. Fermez-la. Je vous l'ai confiée, vous vous souvenez. Je vous l'ai confiée.

Je réponds je ne vous l'ai pas abîmée, que je sache — bien qu'Hannah pousse à présent des râles à fendre l'âme.

Comme ce satané ascenseur ne vient pas et que Paul m'horripile, je cogne frénétiquement sur le bouton d'appel avec le poing.

Ne faites pas ça, me dit-il en prenant un air contrarié. Ne cassez pas tout, nom de Dieu.

Je ne peux pas avoir l'œil sur elle à chaque minute. Réfléchissez un peu. Qu'est-ce qui ne va pas. Elle a juste bu quelques verres. Merci bien, Paul. Allez donc vous coucher. Je vais m'en sortir sans vous.

Je ne pense pas, me réplique-t-il en me regardant fixement. Vous vous faites des illusions, mon petit vieux.

Je ricane. L'ascenseur est là. Je prends Hannah contre moi, je l'entraîne à l'intérieur de la cabine tapissée de miroirs. Je fais signe à Paul de reculer, je n'ai pas besoin de lui.

Si j'apprends que vous l'entraînez dans vos coins malsains, vous allez le regretter, je vous le garantis.

Je profite qu'il retienne la porte du pied pour lui annoncer que sa fille est majeure et que je suis son mari, pas le type chargé de la surveiller, jamais de la vie.

Mais qui va s'en charger si ce n'est pas toi, me lance-t-il en m'adressant une rageuse grimace.

Quand je dis que ce type est fou. Et par-dessus le marché, il me tutoie.

Alors il faudra m'expliquer, lui réponds-je, il faudra bien m'expliquer comment je vais m'y prendre pour gagner ma vie si je dois être sur son dos du matin au soir. Comment vais-je payer mon loyer, vous avez une idée. Allez, enlevez votre pied. J'ai besoin de temps, aussi, pour écrire mes livres, je ne peux pas être derrière elle vingt-quatre heures sur vingt-quatre. Écoutez, Paul, si vous avez la solution, donnez-la-moi, que je puisse aller me coucher.

Il me réserve un sourire étrange tandis que la cabine s'élève, pour me suivre des yeux il renverse la tête et me fait avec un large sourire au revoir d'un petit geste narquois de la main.

Le service que j'ai accepté de lui rendre, l'autre jour, et qui semble ne concerner qu'une partie de ses activités, consiste à rappeler aux parieurs téméraires, aux joueurs invétérés, aux petits malins sans mémoire, que l'on ne plaisante pas avec les dettes de jeu. Ce sont pour la plupart des minables, des flambeurs, des types qui ont une famille et qui perdent leur paye entière le premier jour du mois, aux cartes, aux courses, à Dieu sait quoi, m'explique Robert. Il me déclare qu'il est difficile d'éprouver de la pitié pour ces gens-là et que je dois veiller à ne pas le gêner dans ses mouvements durant l'exercice et lui indiquer toute irruption malvenue, tout événement susceptible de contrarier le bon déroulement de la mise à plat des comptes.

Robert n'est pas particulièrement brutal. Et pourtant, le sang gicle la plupart du temps. Le sang a giclé tout de suite. À la première porte où j'ai sonné, dès que le type a montré son nez, Robert lui a collé une droite et un jet de sang est parti comme une fusée jusque dans le couloir avant que j'aie compris ce qui arrivait. J'en suis resté estomaqué. Bon sang, Robert, ai-je dit, mais le gars avait déjà sorti son portefeuille et en offrait les billets sans tergiverser avant que j'aie pu finir ma phrase. Je trouvais la scène totalement surréaliste.

De retour à la voiture, j'ai dit Robert, mais qu'est-ce qui s'est passé et il me répond tout va bien, tu as été très bien, pense à ne pas te mettre dans mes jambes. Mais tu vois, ce coup dans le nez, ça nous a fait gagner du temps et ça aurait pu être pire, tu vois. Je lui ai fait un bon prix. Et nous n'avons même pas brisé une chaise ni cassé toutes les assiettes. Franchement, ça s'est très bien passé pour tout le monde, tu trouves pas. Moi je trouve que si.

Je n'ai pas su quoi lui dire, sur le coup. Une fois rentré, j'ai écrit toute la scène et je crois que je m'en suis bien sorti, j'en ai tiré une dizaine de pages, et ce qui m'a frappé, en y repensant, c'est mon manque de réaction. Je n'ai pas détourné les yeux, j'ai suivi la chose de bout en bout, j'ai vu le poing de Robert s'écraser en pleine figure de l'autre — un type à la peau blanche, aux cheveux blonds et gras — et le sang barbouiller son visage. Ça m'a laissé indifférent. Sans doute les pleurnicheries du gars, ses larmes, ses frémissements, n'ont-ils pas joué en sa faveur et me l'ont aussitôt rendu antipathique. Robert a déclaré que j'avais fait preuve de sang-froid durant l'opération, d'autant qu'il s'agissait d'une première, et qu'il voyait en moi un partenaire possible, que le sang n'impressionnait pas. Paul m'a considéré en souriant. Puis il s'est avancé vers moi et m'a donné une sorte d'accolade.

N'est-ce pas mieux ainsi, m'a-t-il soufflé.

Mais j'en reviens au soir où j'ai monté Hannah dans sa chambre pendant que sa canaille de père me narguait de son petit geste plein de funestes présages, illuminé dans le hall, en pleine nuit.

J'avais pris Hannah sur mon dos et titubé jusqu'à notre porte dont je n'avais trouvé les clés qu'au bout d'une longue minute — étant moi-même un peu éméché, mes cuisses commençaient alors à trembler et mon dos me faisait mal, j'avais peur qu'elle me vomisse dans le cou ou que nous partions à la renverse et fassions une mauvaise chute en nous étalant sur le marbre luisant du sol.

Cette minute dura une éternité. Quelque chose semblait s'être figé en moi cependant que mes mains continuaient à fouiller plusieurs fois chacune de mes poches. L'image même de l'agitation inutile, totalement inefficace, d'un combat perdu d'avance. Je ne savais pas très bien quelle direction prenait ma vie mais j'avais conscience de n'être pas prêt à laisser Paul ou quiconque en infléchir le cours — comme il l'avait déjà fait quelques années plus tôt en me forçant à épouser sa fille. Hannah m'aidait à sentir le poids qui fléchissait mes épaules et mes jambes flageolantes me rappelaient qu'on arrive toujours au bout de ses forces et que le temps jouait contre moi. Je ne devais pas m'endormir. Paul représentait une sérieuse menace. J'avais l'impression que j'allais finir la nuit ici, sur le palier, au milieu des plantes grasses qu'il avait prises en main dès que Veronica et lui étaient arrivés, et dont il s'occupait avec un soin maniaque — parfois, lorsque je rentrais au petit matin, je le trouvais en train de passer une éponge humide sur les feuilles des caoutchoucs et il me demandait si j'étais content de ma nuit ou m'indiquait en grimaçant que mon maquillage avait coulé.

Et maintenant ça. Ce genre de service que je dois lui rendre en accompagnant Robert durant ces tournées où très souvent, donc, le sang gicle. Non que j'en sois particulièrement ému — je pourrais presque en frapper quelques-uns moi-même tant certains sont répugnants —, mais j'étais en train de devenir son homme de main, son objet, je n'allais pas pouvoir me le cacher très longtemps, je glissais sur une pente noire, luisante, qui me perturbait chaque jour davantage.

Ça va là-haut, cria-t-il.

Ça n'allait pas du tout, mais je ne répondis pas. Force m'était de reconnaître que les soucis d'argent m'étaient à présent épargnés et que je traversais une période faste, productive, de presque mille mots par jour dont Joël, qui m'en avait soutiré quelques pages, m'avait sérieusement félicité. N'aurais-je pas dû m'en réjouir. N'aurais-je pas dû me réjouir d'un horizon qui s'éclaircissait plutôt que gémir sous le poids d'Hannah que j'avais juchée imprudemment sur mon épaule à présent endolorie tandis que je cherchais ces maudites clés.

Hannah, que je pensais comateuse, tendit un bras et les agita soudain devant moi. J'en restai interdit une seconde puis grognai un remerciement avant de m'en emparer.

Ça va là-haut, répéta-t-il. J'introduisis vivement la clé dans la serrure et poussai la porte avec le pied. J'entrai en titubant. Dans un murmure, Hannah demanda si nous étions arrivés. Je refermai et m'offris une seconde de répit en soufflant dans la pénombre. Hannah m'embrassa dans le cou. Elle délirait.

Je la portai dans sa chambre, l'allongeai sur son lit, défis ses bras de mon cou, la considérai, me redressai, l'observai en silence une minute sous la lumière douce de son chevet tout en songeant à m'occuper d'elle — à la coucher, à la déshabiller, incapable qu'elle était de libérer un seul bouton de son corsage, de faire glisser la fermeture de sa jupe, d'ôter ses bas, de retirer le moindre sous-vêtement.

Je faillis tourner les talons car c'était plus raisonnable, mais la nuit était froide et sèche, le ciel dégagé et la lune brillait jusque dans la chambre, l'enveloppant sous un fin voile poudreux au chatoiement rare, bleu pâle — le gin me conduit parfois aux frontières de l'hallucination.

Me produire sur scène presque chaque soir, apparaître en femme, être changé en femme, porter une combinaison de soie, une culotte de satin, une perruque, des bas, un soutien-gorge, me maquiller, porter des talons hauts, etc., entendez-moi bien, me procure un trouble plaisir, un plaisir profond, irremplaçable, mais je ne suis pas passé de l'autre côté pour autant. Je ne dis rien quand un homme me serre dans ses bras, mais ça ne va pas plus loin, ou quand il plaque une main sur mes fesses. Mais ça ne m'a jamais réellement attiré, ça me laisse froid.

Ainsi je reste là, hésitant, sentant mon esprit s'embrumer alors que je sais très bien que chaque fois que nous avons un rapport sexuel, Hannah pense que c'est un gage de mes sentiments pour elle et elle en est ravie. Elle ne veut jamais rien entendre d'autre, rien sur le revolver braqué sur ma tempe afin que je l'épouse. Elle ne croit que ce qu'elle voit, dit-elle, lorsque je suis arc-bouté sur elle et que le plaisir inonde mon visage. Le reste ne l'intéresse pas. Elle rit — de ce petit rire idiot, secouant ses boucles.

Quoi qu'il en soit, je fais demi-tour et retourne vers le lit. Je lui enlève ses chaussures, ses bas et sans prendre le temps de lui ôter le reste, je monte sur elle et la baise, la débarrasse de son soutien-gorge et frotte ma figure contre sa poitrine, lui suce le bout des seins. Je ne veux pas qu'elle s'attache, mais comment faire, n'ayant pas moi-même la force de la repousser autant que je le devrais.

J'ai fini par persuader Robert que l'on peut faire ce que je fais sans être homo et depuis, notre relation est au beau fixe. Je ne traîne plus dans ses jambes quand il s'occupe d'un mauvais payeur, je tiens les comptes, j'organise les plannings et c'est exactement ce qu'il attend de moi. J'ai profité des fêtes pour l'inviter un soir à *L'Ulysse,* je l'ai mis en confiance, j'ai bu quelques verres avec lui dans la salle et très vite il s'est détendu. À ma grande surprise. Je n'en espérais pas tant après les discussions que nous avions eues lors de nos déplacements en ville entre deux visites à nos amis flambeurs. Il m'avait déclaré que les homos le dégoûtaient et j'avais remarqué qu'il les corrigeait plus durement que les autres lorsque l'un d'eux lui tombait sous la main. Le rendre mieux disposé à mon égard avait pris du temps. C'était un type silencieux, assez borné, pas un sentimental, un type si rigide que je doutais de parvenir un jour à mes fins pour ce qui le concernait, de ne jamais réussir à le rendre plus tolérant et encore moins à le faire venir à *L'Ulysse* qu'il considérait comme un repaire de parfaits dégénérés. J'y étais arrivé, néanmoins, à force de passer du temps avec lui, d'avaler des sand- wiches au coin d'une rue, de fumer des cigarettes dans sa Taunus, de nous laver les mains dans les toilettes d'un bar et lui de changer de chemise quand un jet de sang l'avait éclaboussée.

J'en suis encore étonné. Il est parfaitement à son aise, un double Screwdriver offert par la mai- son posé devant lui, satisfait d'être là, dans un fauteuil profond. Je me suis inquiété lorsque Jacqueline s'est invitée à notre table et a lancé alors c'est ça le méchant garçon, oh le vilain gar- çon, en se penchant malicieusement vers lui, se tortillant comme un ver. J'ai fermé les yeux une seconde, pressentant le pire, mais il ne s'est rien passé, nul fracas intempestif, nul barouf, la soirée se poursuivait sans heurts, et les rouvrant, j'ai découvert que Robert souriait. Que Robert souriait à un travesti.

Si c'était une révélation pour lui, c'en était une également pour moi et je levai mon verre dans sa direction pour trinquer au chemin formidable qu'il venait de parcourir. Quand Jacqueline monta sur scène pour un play-back de Tina Turner — avec une minijupe encore plus courte si possible — je me penchai vers lui.

J'espère que tu passes une bonne soirée, lui dis- je. Tu sais, je suis content que tu sois là.

Il ne me répondit pas. Jacqueline semblait l'intéresser au plus haut point, et elle, consciente de son effet, lascive, poursuivait l'exercice à son intention exclusive en serrant le pied du micro entre ses cuisses — de la plus grossière, lubrique façon qui soit. Elle n'était pas la plus belle de toute la bande, mais en général, la salle entière gardait les yeux obstinément braqués sur elle durant son numéro, les conversations se transformaient en murmures et s'épuisaient. Christian prétendait que certains êtres se trouvaient investis de pouvoirs que d'autres n'avaient pas et qu'on ne pouvait l'expliquer. J'ai vu ça quatre ou cinq fois en vingt ans, disait-il en hochant longuement la tête. Ils attrapent tout, les regards, la lumière. Un truc magique.

Je touchai le bras de Robert afin d'écourter sa contemplation. Allons l'attendre dans les loges, déclarai-je. Viens, prends ton verre, suis-moi, je vais te présenter.

J'avais mis tout le monde au courant de sa venue, j'avais demandé qu'on lui réserve le meilleur des accueils et ils ont été parfaits, les filles en petites tenues l'ont subjugué, de même que les odeurs — mélange de parfums, de cosmétiques, de sueur —, de même que l'atmosphère, les rires, les paillettes. Je me suis contenté de me tenir derrière son fauteuil et de lui presser amicalement l'épaule en lui clignant de l'œil dans le miroir encadré d'ampoules avant de le laisser aux mains de trois créatures aux seins nus dont il me dira

plus tard qu'il les avait trouvées tout à fait sym-
pathiques. Surtout Jacqueline.

Mais qu'est-ce que tu croyais, lui ai-je dit. Tu
devrais sortir un peu. Tu vois, personne ne t'a
mordu.

Il ricane en silence. Nous remontons le boule-
vard désert, dans la nuit glacée. Prendre l'air fait
du bien.

Je n'avais pas passé une aussi bonne soirée
depuis longtemps, me dit-il. Prendre l'air fait
du bien.

Je pensais la même chose, dis-je. Ça réveille, ça
sent bon, ça change.

Il ne sait plus où il a garé sa voiture. Nous cherchons. Il est ivre. Pas moi. Il trébuche deux fois
et je le rattrape deux fois.

Tu ne parles pas de ça à Paul, fait-il en s'ac-
crochant à ma manche.

Bien sûr, réponds-je. Pourquoi je le ferais.

Paul est mon patron, Denis. On est bien
d'accord.

Je croisai son regard puis le quittai au premier
carrefour. Je ne me retournai pas. Les décora-
tions de Noël flottaient encore au-dessus des
rues, les pelouses étaient couvertes de givre, les
branches nues brillaient comme du cristal sous la
glace. Je l'entendis m'appeler, je continuai de
m'éloigner.

Robert ne m'intéressait pas plus que ça, mais
j'étais fasciné par le détachement et la brutalité
qu'il manifestait lorsqu'il corrigeait l'un de ceux

qui nous ouvraient leur porte ou tentaient de filer d'une manière ou d'une autre. Je pensais qu'il valait mieux être dans les petits papiers d'un homme de cette nature — qui m'avait déjà gratifié d'une douloureuse clé de bras et s'apprêtait à me casser les doigts un par un sur un signe de mon beau-père.

Je jetai un coup d'œil derrière moi mais j'avais déjà franchi une bonne distance et il avait disparu.

Quelques jours plus tard, je terminai mon livre. Je restai inerte un instant, proche de l'évanouissement, la tête sur le bureau — c'était chaque fois ainsi, le point final déclenchait en moi sans coup férir une sorte de décharge électrique qui me foudroyait de la tête aux pieds et dont je ne me remettais qu'avec difficulté, égaré, quelques minutes plus tard.

Il faisait à peine jour.

Je me couvris et sortis sur la terrasse avec mon manuscrit sous le bras. Je le regardai un instant et lui offris bientôt mon premier sourire. Il me plaisait bien, j'aimais bien son épaisseur, son poids, sa police — la fameuse New York corps 12, la préférée des écrivains. Il s'était comporté durant tous ces mois comme un bon camarade, il m'avait accompagné et soutenu pendant les moments difficiles, encouragé quand je doutais, avait fermé les yeux sur mes phases d'euphorie, mes bouffées d'orgueil, échangé nos vies, mélangé nos sangs. Je le serrai contre ma poitrine et m'allongeai dans un

transat que les tremblantes lueurs de l'aube commençaient à baigner. Je le glissai au chaud dans
mon anorak.

J'avais appelé Christian pour le prévenir que j'étais
brûlant de fièvre — il m'avait assuré que c'était une
gastro — et je m'étais enfermé, j'avais écrit durant
quarante-huit heures d'affilée, sans dormir, sans
manger, buvant du thé vert, du Long Jin, et fumant
des cigarettes roulées. Hannah avait monté la garde
devant ma porte, n'avait laissé entrer personne et
ne m'avait passé aucun coup de fil. Je pouvais
compter sur elle dans ce genre de situation car elle
aimait également l'écrivain qu'elle voyait en moi
— eût-elle jamais lu le moindre mot de mes livres.

Elle croyait lire mes livres, mais elle ne les lisait
pas vraiment, comme beaucoup d'autres. Je son-
geai un instant, les yeux fermés, tandis que je
sentais la tiédeur de l'aurore glisser sur mon
visage, à tous ces écrivains que j'avais égratignés
— je sais que pour certains le mot est faible — et
qui allaient à présent me rendre la monnaie de
ma pièce, qui trépignaient dans leur enclos, brû-
laient de me descendre.

J'ai dû somnoler. Je m'ébroue dans la douceur
d'un soleil matinal encore timide. Je bâille. Nous
n'avons pas encore eu beaucoup de neige mais
le ciel devient laiteux. Il se pourrait que sa clé-
mence ne nous soit pas définitivement acquise
mais ça n'a plus beaucoup d'importance à présent. La Sibérie peut bien s'abattre sur nos têtes.
J'en suis sorti vivant.

Un moment plus tard, alors que je sirote en silence un jus d'orange tranquillement pressé au moyen de mon presse-agrumes électrique, Hannah vient me rejoindre sur le canapé du salon, en pyjama, tout ensommeillée — son pyjama est constitué d'une matière douce, le fond est bleu, frappé de petits cœurs roses, de petites étoiles blanches. J'accepte de la prendre sur moi à condition qu'elle reste tranquille — mais combien de fois a-t-elle juré de m'obéir sans jamais tenir parole ensuite, m'agaçant d'une manière ou d'une autre.

Quoi qu'il en soit, j'apprécie d'avoir contre moi ce corps vivant. Chaud. D'autant qu'elle reste calme, se love entre mes bras comme un gros chat frileux, les jambes ramenées sous elle. J'apprécie également que celles-ci soient toujours parfaitement épilées, ce que j'assume, prenant le parti de mes lèvres qui ont coutume d'emprunter ce chemin lisse et soyeux qui conduit à l'intérieur de ses cuisses.

Tu as fini, n'est-ce pas, murmure-t-elle.

Je souris à part moi. Je pose une main sur sa tête.

Peut-on se sentir plus jeune en vieillissant, Hannah. Demande-le-moi, que je puisse te répondre oui.

Elle m'embrasse dans le cou. Mais Hannah, la vraie question, poursuis-je, la vraie question. Ai-je fait ce qu'il fallait. C'est la question que chaque fois, chaque jour que Dieu fait, je me pose. Ai-je accompli tout ce qui était en mon pouvoir. Ai-je donné tout ce que j'avais.

Elle n'en doute pas une seconde. Le jour où cette femme doutera de moi, la Terre aura basculé. Elle sent bon. Ses cheveux sentent bon. Le soleil s'irise avec majesté sur la baie vitrée — de façon étrange, terminer un livre me rend emphatique et fait naître de ces tournures détestables que j'ai tenues sans faiblir à distance durant des mois. Je ne bouge pas. Je crois qu'elle s'est endormie.

Joël m'invite à déjeuner. Dans un très bon restaurant, ce qui me rassure, me donnant à penser que son enthousiasme n'est pas retombé, qu'il m'accorde de nouveau sa confiance. Il me sourit de toutes ses dents dont la blancheur contraste fort avec sa peau noire comme du charbon. Joël est un lecteur d'une extrême finesse, son avis m'est précieux, et si je cesse un moment de me battre avec lui pour qu'il augmente mes à-valoir, c'est que je suis faible, qu'il ne m'a jamais menti et que nous nous entendons bien.

Lors de sa première visite à *L'Ulysse* — il refusait de croire que je me produisais en femme —, il a ri, me voyant, à en avoir les larmes aux yeux. Je préférais ça. J'avais déjà perdu pas mal d'amis — qui m'avaient fui comme si j'avais la peste ou profané une église —, et lui, je ne voulais pas le perdre. Eux n'avaient pas ri.

Es-tu arriéré à ce point, lui ai-je demandé en lui tendant un mouchoir.

Se frayant un passage entre les tables sombres,

les clients qui flirtaient et buvaient, Christian est venu voir si tout allait bien car les regards de la salle étaient à présent tournés vers nous — Joël était toujours secoué d'un vrai fou rire, s'excusait en pleurant.

Je les ai présentés. S'il n'avait pas été noir, Joël aurait été cramoisi tant il hoquetait. C'est encore un enfant, ai-je déclaré à Christian. Il n'a jamais rien vu. Mais c'est aussi mon éditeur, le meilleur de tous.

Plus tard, dans la loge, tandis que louchant il m'observait retirer mes faux seins, il m'a dit que ça ne m'empêchait pas d'être un bon écrivain.

J'ai le flair pour ça, m'avait-il dit.

Il me rappelle cet épisode aujourd'hui, devant un soufflé au haddock, au milieu du suave — je plane un peu — murmure des conversations. Il déclare qu'il ne s'était pas trompé, que je me suis amélioré de livre en livre. De la pointe de mon couteau, je joue avec mon soufflé.

Écrire, c'est aussi se battre contre soi, dis-je. On aimerait que les ventes suivent.

Il rit. J'ai fini par aimer son rire avec le temps — au début, il me cassait les oreilles —, puis j'ai fini par m'y habituer et maintenant je l'apprécie — certaines fois, quand je travaille d'arrache-pied, ce rire me manque, il m'aide à garder de la distance, à me convaincre que nous ne faisons que nous amuser, ici-bas, que toutes nos options sont d'une infinie drôlerie, que toutes nos petites entreprises, nos actes, nos merveilleux machins, sont dérisoires, minuscules, risibles. Ce qui fait leur charme, nonobstant, non.

Aujourd'hui Joël a les tempes grisonnantes, et son regard est devenu plus noir, plus aiguisé, plus lumineux. Il s'habille en parfait gentleman, tweed, cachemire, et cetera, il porte de fines lunettes en écaille de tortue, il chausse des Weston, mais c'est un tueur, le genre d'homme qui aurait réglé ses différends sur le pré, à la pointe de l'épée, aux aurores, au moins jusqu'au premier sang.

Écoute-moi, Denis, me déclare-t-il en posant la main sur mon bras, je me les coupe. Si tu n'obtiens pas un prix, cette fois je me les coupe. Je suis emballé par ce que j'ai lu.

Je vais prendre un dessert, dis-je.

Denis, je ne plaisante pas. Tu as atteint une parfaite maîtrise.

Tu ne trouves pas que j'ai grossi, lui demandé-je en me pinçant les hanches. Je ne ferais pas mieux de me suicider plutôt que de toucher à ces choux à la crème, non, dis-moi.

Hannah m'aide à me raser entièrement. Nu devant la glace, je m'inspecte. Je vais bientôt avoir quarante ans et je pense que mon vélo d'appartement ne va plus suffire, que je vais pouvoir vendre mes haltères. Hannah prétend que ça ne la dérange pas mais je ne peux pas me fier à elle. Je ne peux pas me permettre de me laisser aller. Garder la forme n'est pas impossible — voyez Tonetta —, mais pourquoi Dieu n'a-t-Il pas réglé ça une fois pour toutes, pourquoi ne nous a-t-Il pas tous faits beaux et forts et éternellement jeunes, pourquoi ne nous a-t-Il pas tous conduits au Paradis. Combien de guerres, de souffrances, nous aurait-Il ainsi épargnées, que de soucis en moins pour Lui.

Hannah me demande de me pencher pour me raser les fesses.

Ne mets pas trop de gel, lui dis-je. Je sens cette affreuse odeur de menthe poivrée d'ici.

Soudain, les échos d'une altercation en provenance du jardin nous parviennent. J'enfile un peignoir de bain et m'élance aussitôt sur les pas de ma femme que je rattrape et retiens au milieu de la terrasse en lui plaquant une main sur la bouche. Nous restons dans l'ombre de quelques arbustes en pot tandis que le chahut se poursuit en bas, chez mon beau-père.

Hannah ne me résiste pas. Je l'embrasse sur la bouche en l'entraînant vers le bord, à l'abri de nos plantes d'agrément — le soir tombe, quelques fenêtres brillent, de l'autre côté de la piscine, à travers les branchages.

Je mets un terme à notre baiser, ce qui me permet de placer un index en travers de sa bouche pour la réduire au silence. Elle cligne des yeux et nous nous penchons avec précaution, ravis de la pénombre, sur le jardin de Paul en contrebas.

Paul possède le plus grand et le plus beau jardin privé de la copropriété — que pour ma part je trouve étouffant avec sa piscine bordée de marbre noir, les haies sont denses comme au cœur de la jungle, c'est une citadelle de verdure impénétrable, doublée de barreaux en fer forgé de l'autre côté.

Il n'y a plus de cris, on ne perçoit plus que des chocs sourds. Nous risquons un œil cependant qu'un croissant de lune pâle monte à l'horizon. On entend un hibou. Robert, dans le fond du jardin, est en train de s'acharner avec méthode sur un homme étendu à terre. Lequel ne bouge plus. Paul apparaît alors dans notre champ de vision, vêtu d'un blouson en mouton doré qui lui donne la carrure d'une armoire à glace.

Il s'avance vers l'homme inanimé et lui assène un violent coup de pied en pleine figure. On entend l'os craquer. Personnellement, j'assiste à ce genre de choses presque tous les jours avec Robert, mais Hannah n'a pas mon expérience et je la sens se raidir, je sens qu'elle va trahir notre présence. Je la tire aussitôt hors de vue en lui plaquant de nouveau une main sur la bouche et je rebrousse chemin au moment où Paul, semble-t-il fou de rage, lance à Robert fous-moi ce connard dehors, embarque-le dans ton coffre. Sors-moi ça de là.

Nous rentrons. Je la porte presque.

Eh bien voilà. Je te sers un verre d'eau, lui dis-je.

Je la dépose dans le premier fauteuil venu et retourne vers la baie vitrée que je referme en prenant mille précautions.

Je ne suis pas mécontent qu'elle ait assisté à cet édifiant spectacle. J'ai toujours voulu lui faire entendre que son père était un malade, me demandant si elle était aveugle, ou d'une naïveté confondante, ou encore si elle le savait bien et me le cachait, comme sa mère qui paraissait frappée d'amnésie lorsque j'interrogeais l'une ou l'autre sur le passé. Je reviens vers Hannah avec un verre d'eau. Il fait très sombre à présent.

Tu en fais une tête, lui dis-je. Tu as vu un fantôme.

Elle ne pourra plus prétendre que j'exagère, à présent. La sauvagerie de son père l'a glacée — elle se frotte les mains comme si la neige tombait. Sinon, c'est une remarquable comédienne.

Elle évite mon regard. Sans un mot elle se lève, mal assurée sur ses faibles jambes, écarte une mèche de son visage blême et me fait signe de ne pas m'occuper d'elle.

Je vais me coucher, murmure-t-elle.

Je fais ah bon. Alors on ne mange pas.

Dès qu'elle a disparu, je retourne sur la terrasse, une paire de jumelles à la main.

Les corrections de mon livre me prennent plusieurs jours et une bonne partie des nuits car je m'y penche encore durant quelques heures quand je rentre de *L'Ulysse*, parfois la lampe du bureau brille jusqu'au lever du jour.

J'explique à Paul que je suis fatigué, que je tiens à peine debout et qu'il m'est donc impossible de faire équipe avec Robert jusqu'à ce que j'en aie terminé avec mon livre, mais il lève les yeux sur moi et m'adresse un méchant sourire.

Je n'ai pas entendu ce que tu m'as dit, déclare-t-il. C'est mieux pour toi, Denis. Crois-moi.

Je reste un instant silencieux, jetant un coup d'œil sur l'écran du salon — vues aériennes de Pebble Beach, un 18 trous légendaire dont Paul s'est détourné, à regret visiblement.

Écoutez, lui dis-je. Paul, vous ne comprenez pas. Je dois me concentrer sur ces corrections. Je joue ma peau avec ce livre. Je sais. Mais je n'y peux rien. Renseignez-vous. C'est comme ça. À chaque livre. Un écrivain joue son va-tout à chaque nouveau livre. C'est toute son âme. Vous n'y changerez rien. Est-ce que vous comprenez.

Il grimace. Non, me dit-il, j'ai peur que non. Trouve-toi une autre occupation, ne viens plus me parler de ce foutu machin d'écrivain, s'il te plaît. Je m'en moque éperdument, figure-toi. Écrire des livres. Bon. Je préfère en rire. Mais ça ne me fait pas rire longtemps. Alors écoute-moi bien. Demain, Robert t'attendra. Si tu ne viens pas, je l'enverrai te chercher. Est-ce que tu as compris.

Je ne réponds rien. Je ne sais pas s'il m'a dit ou fait quelque chose de pire depuis que je le connais. Peut-être. Sans doute. Mais pas dans ces conditions, pas quand je suis en pleine relecture, pas quand chaque ligne s'ouvre devant moi comme un précipice étourdissant, pas quand toute mon énergie est requise pour vérifier la moindre pièce, la moindre attache, pour examiner le plus petit écrou de l'édifice et mener à bien ce délirant travail de fourmi hallucinée. La blessure qu'il m'inflige en réduisant l'une de mes raisons de vivre à un simple passe-temps, à une occupation négligeable et futile, me cloue littéralement sur place. J'ai envie de le tuer, je crois.

Autrefois, avant que je ne me sois fichu dans cette pénible histoire avec Hannah et mes beaux-parents, la lecture de Palahniuk m'avait conduit à prendre quelques cours de boxe et quelques coups, pour voir, mais très vite Christian m'avait dissuadé de continuer, il ne supportait plus mon nez gonflé, mes entailles, mes arcades maltraitées, mes lèvres atrocement pulpeuses — on ne connaissait pas le Botox à l'époque, je ne peux pas faire la comparaison.

Pour dire vrai, ça ne me manqua pas, cette voie éphémère ne laissa guère de traces — sinon celle du trouble et étonnant contact avec le corps d'autres hommes, chose que je n'avais pas encore examinée de façon si directe, si brutale, si brûlante. Bref, je glissai sans regrets mes gants et mon matériel dans un sac à ordures et avalai d'affilée quelques splendides romans de Stephen Dixon en me nourrissant de crèmes glacées et en me remettant à fumer. Puis ma mère mourut et mon père et moi nous dispensâmes pratiquement de nous parler.

C'est alors que je commençai à écrire. J'étais encore jeune. Ma mère n'avait pas cessé de m'aimer lorsque l'on s'était aperçu que je me maquillais et m'habillais en fille pour sortir — mon père m'avait surpris un soir alors qu'ils rentraient un jour plus tôt d'un séjour à Rome pour se faire soigner les dents. Elle se plaça entre mon père et moi tandis qu'il balayait d'un geste furieux mes produits de la commode — certains explosèrent contre le mur, au-dessus de mon lit, et constellèrent ma couette de taches grasses. J'avais revêtu un body à paillettes et des bas noirs transparents, chaussé des talons hauts vernissés, mis ma perruque et je finissais juste de ranger mon rouge à lèvres lorsqu'il était entré brusquement dans ma chambre.

Lorsqu'il s'approcha, menaçant, le teint gris de rage, elle fit rempart de son corps. Elle était si petite entre mon père et moi qui la dépassions d'une bonne tête que la scène devait être comique — et dissuada sans doute mon père de lever la main sur ma tête après qu'il m'eut longuement transpercé d'un œil noir, les dents serrées, les poings, le souffle court.

De sorte qu'en perdant ma mère, qu'il avait pour sa part totalement épuisée, j'étais séparé de celle qui m'aimait et gardais à mes côtés celui qui ne me considérait désormais plus comme son fils.

Je me suis alors mis à écrire à la femme que j'avais perdue, à lui parler, tout a commencé ainsi, dans le froid et la détresse, par la rude exploration des profondeurs de ma solitude, puis j'ai écrit pour moi, pour mon second moi — et j'ai cessé de me battre contre les autres pour livrer un combat d'un genre différent auquel peu comprennent quelque chose.

À cet égard, Paul ne figure pas en tête de mes admirateurs et s'il cristallise aujourd'hui la somme de tous les connards qui ont un jour croisé ma route, qui donc irait le plaindre, lui tendre la main. Pas moi. Ne vient-il pas de me fournir l'ultime raison de le haïr et de souhaiter sa mort non pas une fois mais autant de fois que possible. Parce que c'est tranché pour moi.

Me tournant le dos, il s'intéresse de nouveau au tournoi et tâche d'attirer mon attention sur les détestables conditions climatiques qui perturbent le parcours du Monterey Peninsula au moment où la balle de Dubuisson percute une branche et se perd au milieu des arbres alentour. Je hausse les épaules et le quitte sans un mot.

Le lendemain, lorsque je rejoins Robert, je dors debout, m'effondre sur le siège de sa Taunus et ce ne sont pas les litres de café dont je m'abreuve jusqu'au soir qui améliorent mon état. Nous avons une rude journée. Nous en sommes à notre septième client et Robert n'a déjà plus ni pull ni chemise de rechange et ses poings sont rouges, couverts d'égratignures, de sang séché. Lui aussi est fatigué. Quant à moi, qui n'ai pas fermé l'œil de la nuit — je me suis régulièrement frotté les yeux pour les tenir ouverts sur ces maudites corrections, d'où la bordure de mes paupières incarnate — et qui ai tant bâillé que vers le point du jour, bâillant de plus belle, comme j'observais par la fenêtre, dans l'aube diaphane, un écureuil qui descendait tête la première d'un pin parasol, je fus soudain saisi d'effroi, bouche grande ouverte, coincée, persuadé de m'être décroché la mâchoire, incapable de respirer, je me levai d'un bond, renversai mon siège et m'apprêtais à foncer chercher du secours, lorsque tout rentra dans l'ordre comme par miracle, je pouvais enfin claquer des dents —, je baigne dans un état de semi-conscience que Robert feint de ne pas remarquer, je marche au ralenti, somnambulique, je suis vidé.

En fin de journée, dans un moment de lucidité improbable, tandis que nous descendons quatre à quatre les étages d'une tour où résonnent les cris hystériques d'une femme dont nous venons de bousculer le mari, je m'aperçois que j'ai oublié le carnet où j'inscris les comptes, sur la table de la cuisine.

J'y vais, lâche-t-il sur un ton excédé, lourd de reproches, mais il voit que je ne suis plus bon à rien. Je secoue la tête, je n'ai pas la force de m'y opposer. Je me laisse glisser sur les marches de béton glacé. Un instant plus tard, subitement, la femme cesse de crier. J'entends un bruit sourd et le tintement d'un objet métallique tombant sur le sol et rebondissant. Puis le bruit d'une galopade.

Robert est blessé. Une main sur la rampe, il se tient de l'autre l'abdomen. Je me lève et lui demande ce qui se passe mais il ne prend pas le temps de m'éclairer et m'entraîne en grognant dans sa course jusqu'au rez-de-chaussée. Dans le hall, accroché à mon épaule, il titube et laisse des traces de sang sur son passage. Son pull en est imbibé. Il marmonne un flot d'injures dont je pense qu'elles me sont destinées cependant que je peine à le porter plus ou moins jusqu'à son fringant modèle 76 jaune moutarde. Il fait presque nuit.

Nous avons un bref échange pour savoir qui va conduire car je ne m'aventure que dans des engins de notre époque, automatiques, avec ABS et direction assistée, mais il saigne beaucoup, son front est couvert de sueur, si bien que je finis par m'installer au volant, ivre de fatigue, les yeux remplis de sable.

Il ne veut pas aller à l'hôpital. Mais enfin, Robert, lui dis-je, tu es tombé sur la tête. Regarde-toi. Je ne vais pas m'arrêter devant une pharmacie. Bon Dieu.

Il n'en démord pas. De sa main gauche — la droite comprime la blessure avec une casquette à oreilles pêchée dans la boîte à gants —, il m'empoigne par le col de mon anorak — modèle Houellebecq 2010 vert olive — et m'ordonne de démarrer.

C'est la mauvaise heure, celle des sorties de bureaux, du retour dans les combles, des courses de dernière minute, des étreintes pressées, de la mise en marche de l'éclairage public qui brille sur la blessure de Robert. De douleur, il se mord les lèvres. Je klaxonne, bien que ce soit peine perdue. Il a raison, tout est ma faute. J'ai relâché mon attention. J'ai posé ce maudit carnet pour attraper une chaise pendant que Robert plaquait l'homme contre un buffet, et je l'ai oublié. N'importe quel crétin n'aurait pas fait si bien. Je n'avais pas d'excuses. Robert devait pouvoir compter sur moi lorsque nous étions en déplacement, je devais avoir l'œil pendant qu'il était occupé de son côté, prévenir les ennuis, les débordements, les impondérables qui pouvaient surgir à tout moment. Et il était poignardé par ma faute, à cause de mon étourderie, de mon manque de vigilance — fussent-ils les tristes fruits d'une noble tâche et d'une entière nuit blanche que l'intransigeance de Paul m'avait imposée.

Il est huit heures du soir, les portes de *L'Ulysse* ne sont pas encore ouvertes mais tout le monde est là, tout le monde vient d'arriver et certains ont encore un bras dans la manche de leur manteau quand je fais irruption par l'entrée des artistes, flanqué de mon blessé qui semble prêt à tourner de l'œil. Les filles poussent des cris, les garçons bâillent. Je traîne Robert dans le couloir jusqu'aux loges et l'abandonne sur la banquette pour souffler. Il n'est pas en de mauvaises mains. Milena et quelques autres s'affairent déjà sur lui.

Il refuse d'aller à l'hôpital, déclaré-je en cherchant de la monnaie dans mes poches pour la machine à café — que Christian, âpre au gain, refuse de transformer en fontaine gratuite. J'ajoute que je me demande si les papiers de Robert sont en règle en pianotant sur l'écran tactile pour l'obtenir sans sucre.

Robert grimace de plus belle quand Milena ouvre son pull en deux au moyen de grands ciseaux — puis elle taille de même dans son polo qui est si gorgé de sang qu'on dirait celui d'un équarisseur. Robert pousse un juron — j'avais remarqué qu'il prenait soin de ses vêtements, d'ailleurs il ôtait parfois sa veste et la pendait au dossier d'une chaise quand un gars lui donnait du fil à retordre ou ne comprenait pas le français.

Je déclare à Christian, qui arrive sur ces entrefaites, que nous avons été pris dans une rixe, en plein centre-ville, et qu'il est hallucinant que nous en soyons là aujourd'hui, parvenus à ce degré de violence ahurissante pour un simple accrochage, pour une aile enfoncée, mais les gens deviennent fous, non.

Je t'envoie la note de la blanchisserie pour la banquette, me dit-il.

Milena nous annonce qu'il faut le recoudre et qu'il lui manque de quoi faire un pansement et des médicaments. Je cours à la pharmacie.

Je ne suis pas très assuré, ce soir, en montant sur scène. J'ai pris un peu trop de choses pour tenir le coup et j'en paye le prix, je tombe de fatigue mais suis parcouru d'un courant électrique incontrôlable qui me maintient dans un état d'éveil artificiel assez douloureux. Courir jusqu'à la pharmacie m'a fait du bien — je connais le laborantin qui est un de mes lecteurs et qui ne rechigne jamais à me donner ce que je lui demande, et j'aime le regard respectueux qu'il m'accorde, je n'hésite pas à échanger quelques mots avec lui sur nos lectures respectives qui ont pour point commun l'amour du style, la découverte d'une voix et son honnêteté, sa force. Mais au retour et malgré l'urgence de ma course, j'ai marché, d'un pas incertain, je me suis traîné. Je n'en pouvais plus. Si Jacqueline ne m'avait pas trouvé quelques remontants dans le double fond de son vanity, je me serais effondré.

Mais là, Ramon est un amour et je lui en sais gré. Il vient me rejoindre et s'empare du micro, voyant que j'ai un trou, que je ne me souviens plus tout à coup des paroles de *Surabaya Johnny* que j'ai pourtant interprété cent fois, qui m'a si souvent tiré des larmes et valu quelques succès quand de désespoir je pressais mes faux seins, me caressais le ventre, gémissais, etc., et il me tient avec langueur par la hanche, se presse contre moi, comme s'il était prévu que nous ayons ce duo lascif — il se tortille à la façon d'un ver lubrique, se frotte sur ma cuisse —, et de fil en aiguille, quoi que j'en pense, j'avoue, il me sauve bel et bien la mise, indubitablement.

Il faut que nous fassions un truc ensemble, m'annonce-t-il avec enthousiasme à peine passons-nous derrière le rideau de velours pourpre. Je m'efforce de sourire mais mon visage est comme figé par de la colle, toute fibre y est crispée, fiévreuse, tendue.

On verra ça, nous en reparlerons, parviens-je à articuler malgré la boule de ouate sur ma langue.

Il rit et me donne une claque sur les fesses avant de disparaître vers les toilettes. Je le regarde s'éloigner. Il est extrêmement bien foutu mais d'une beauté d'esprit affligeante, proche de l'encéphalogramme plat. Et pour commencer, on ne claque pas les fesses d'un type qui a le double de son âge. Je souris faiblement. Sourire m'est une épreuve presque insurmontable.

Je rassemble mes forces et vais rejoindre Robert qui a vidé une bouteille d'alcool et grogne du fond de son ivresse, l'abdomen bandé. Je tire une chaise et m'assieds à côté de lui. Je reste là, titubant, dormant les yeux grands ouverts, sans aucune pensée, jusqu'au moment, mais bien plus tard me semble-t-il, où Milena vient m'expliquer que Robert doit surtout bien prendre les antibiotiques dont elle me tend la boîte — je soulève un poids d'une tonne pour la saisir —, Denise, est-ce que c'est bien compris, insiste-t-elle. Je hoche la tête. Ma perruque tombe sur mes cuisses. Elle me tend à présent une boîte d'antidouleurs.

C'est bon, dis-je sans même lever les yeux. Pose-les sur la table.

Merci. On dit merci.

Merci.

Je suis vraiment très fatigué. Je pousse des bâillements à fendre l'âme et en même temps je cligne des yeux sans arrêt, deux ou trois petits muscles se contractent à différents endroits de mon visage, au coin de ma bouche, sous mon œil droit et plus bas en travers de ma pommette, et bientôt mon corps tout entier sera prêt à prendre feu pour me tenir éveillé si je comprends bien, non, je dois sans doute m'y attendre, parti comme c'est.

J'entends de la musique malgré les murs capitonnés, une effroyable musique disco d'un autre âge. Garder mon équilibre sur une chaise n'est pas aisé, ce mélange de dureté et de mollesse qui imprègne chacune de mes cellules me fait gîter. Je n'ai plus aucune idée de l'heure qu'il est, je ne sais plus s'il fait jour ou s'il fait nuit, quelques larmes roulent timidement sur mes joues tant la simple idée de m'endormir me paraît valoir tous les paradis du monde, m'émeut comme une chanson douce et triste chantée par une femme captivante.

Il me semble que Robert ne saigne plus. Le pansement que Milena lui a mis en place, après avoir désinfecté et recousu la plaie — Milena est infirmier, le jour, il s'appelle Milos et certains patients sont troublés par son allure, sa peau douce, l'éclat de ses joues glabres, et tout ça fait des tas d'histoires —, est à peine rouge de sang, la tache qui l'auréole ne grandit plus, elle reste de la taille de cette surface comprise entre le pouce et l'index quand ils se touchent pour former un cercle, l'équivalent de ces vieilles pièces de cent sous en fer-blanc qu'utilisaient nos grand-mères. Je ne sais pas si je vais avoir la force de le bouger, ni celle de quitter moi-même cette chaise sur laquelle il me semble être cloué à vie, mais je ne peux pas le laisser là et me voilà en train de serrer les dents comme un damné, de ricaner sans raison dans un souffle.

Par chance, Jacqueline fait irruption à cet instant. Je me frotterais les mains si je pouvais. Je m'apprête à lui demander de l'aide, indifférent à son air sombre dont je ne veux même pas connaître la raison, mais elle se plante devant moi et m'apprend que mes types sont dans la salle.

Quoi. Quels types, fais-je d'une voix pâteuse. Comment ça.

Tu sais bien. La bande de péquenauds. Ceux-là.

Je me redresse aussitôt en gémissant de douleur, en poussant un couinement de désarroi, le cœur battant.

Montre-les-moi, fais-je d'une voix blanche, une main agrippée au dossier de la chaise comme si elle allait s'envoler, les jambes tremblant de fatigue, assailli de mauvais souvenirs, traversé d'électricité.

Attends un peu, Denise, tu vas faire quoi, me demande-t-elle avec les poings sur les hanches, me barrant le chemin. Regarde-toi. Tu vas faire quoi au juste.

Je veux être sûr, dis-je.

Elle hésite, me fixe avec intensité. Laisse tomber, me dit-elle. Tu t'en es bien tiré. Laisse tomber.

Jacqueline, laisse-moi régler mes problèmes. Donne-moi encore quelques trucs.

Jamais de la vie. Je ne veux pas être responsable de quoi que ce soit, tu m'entends. Je suis venue te prévenir pour que tu tombes pas nez à nez avec eux. Pour que ton copain et toi filiez par la porte de derrière. Pour pas prendre de risque. Denise, j'ai pas envie de te conduire à l'hôpital. Oublie cette histoire.

Jacqueline, c'est difficile. Je revois très bien la scène. Je me souviens de chaque coup de poing, de chaque coup de pied, de chaque main qui m'a empoigné pour me balancer sur un tas de pierres par la fenêtre du wagon.

Je t'avais dit de pas y aller.

Je me souviens quand ils ont arraché mes faux seins et pissé sur moi avant de me jeter par-dessus bord. Oublier. Tu en as de bonnes. J'y pense tous les jours. Ils ont gravé tout ça en moi. Je pense à ces types qui ont consacré leur vie à la poursuite d'anciens nazis. Je sais ce qu'ils ressentent.

Elle réfléchit puis me dit bon, d'accord, suis-moi, mais tu ne mets pas un pied dans la salle.

Comme je passe tel un zombie devant le bureau de Christian, celui-ci m'arrête pour me demander si je compte faire quelque chose de mon encombrant copain avant qu'on apprenne qu'un type blessé à l'arme blanche est en train d'agoniser dans les loges de *L'Ulysse*.

Parce que ça la foutrait mal, déclare-t-il. On pourrait avoir des ennuis, non, il me semble, ou est-ce que je me trompe. Alors sors-moi ce gars-là d'ici, Denis, allez prendre l'air tous les deux. Ça te fera du bien. Tu m'as l'air fatigué, toi.

Je lui ai dit de rentrer chez lui, intervient Jacqueline.

C'est à cause de mes corrections, déclaré-je. Joël m'a mis la pression. Je ne dors pas beaucoup. En tout cas. En tout cas tu pourrais me le dire. Que mon numéro avec Ramon était bien. Crevé ou pas crevé. En tout cas. En tout cas je ne dors pas beaucoup, ça non.

Je m'appuie mollement au chambranle. Durant un moment j'oublie tout, la raison de ma présence ici, dans ce couloir, j'oublie où je suis, j'oublie les événements de la journée, mes corrections, mes douleurs, qui je suis, je me vide, et je me sens glisser sur le sol, soudain privé de jambes et sans réaction mais sur le point d'atterrir sur un matelas moelleux composé de nuages blancs et de pétales de fleurs, d'où le sourire confiant et béat qui se profile sur mes lèvres.

Christian me rattrape in extremis et me remet sur pied.

C'est mon nerf vagal, dis-je. Tout va bien. Je prendrais bien un morceau de sucre ou un carré de chocolat, quelque chose.

Comme Christian retourne dans son bureau pour me chercher ladite friandise, je fais signe à Jacqueline de se remettre en marche et emboîte le pas de son sillage parfumé en me tenant au mur qui nous conduit derrière la scène. Lorsque je la rejoins, elle a légèrement écarté l'épais rideau et me dit là-bas, au fond, près du bar, ils sont trois.

Je la regarde me regarder. Je retiens mon souffle, puis me penche, et dans l'instant suis comme ébouillanté. Je frémis. Je me redresse. Je suis tout à fait réveillé. Je la regarde.

Essaie de savoir qui sont ces connards, Jacqueline. S'il te plaît. Dis-moi où on peut les trouver.

De retour à la loge, chaque nerf de mon corps tendu comme un arc, mon téléphone sonne. Je le cherche et le trouve à sa place, glissé sous une bretelle de mon soutien-gorge.

Oui Hannah, tout va bien, réponds-je. Oui, je vais bien, non, je ne suis pas énervé. Mais ne me demande pas comment régler cette putain de télé maintenant. Je n'ai pas la tête à ça, tu comprends. Non, baby, je ne suis pas énervé. Je pense à toi. Bien sûr que je pense à toi. Maintenant raccroche.

Robert a le teint cireux, il revient doucement à lui. De la poche de son manteau — le froid nous a surpris de nouveau, il y a quelques jours, et on attend la neige d'un moment à l'autre —, je sors ses papiers et note son adresse tandis qu'il parvient à s'asseoir et baisse les yeux sur son pansement.

Ce n'est pas trop grave, rassure-toi, mais tu as perdu pas mal de sang, l'avertis-je. Tu es faible. Est-ce que tu peux marcher.

J'en profite pour me changer. Il observe la scène en plissant les yeux, comme s'il considérait un animal étrange, peu à son goût.

Je lui demande s'il veut ma photo mais il reste muet et son expression maussade ne varie pas d'un iota.

Je savais pas que tu te rasais entièrement, lâche-t-il.

Maintenant tu le sais, répliqué-je en échangeant ma culotte sculptante en élasthanne contre un caleçon de coton à motifs.

Ma mère n'était pas grande et je lui servais de modèle pour coudre ses robes lorsque j'étais enfant, je les essayais, je remontais les fermetures dans mon dos nu, je marchais devant la glace et prenais des poses, elle hochait la tête, serrant une rangée d'épingles entre ses lèvres, j'empruntais ses chaussures et ses bas pour davantage encore de réalisme, et plus tard ses sous-vêtements, sans le lui dire, et j'aimais ça, je découvrais des sensations agréables, inédites, impossibles à définir, troublantes, je pense que tout a commencé de cette façon, confié-je à Robert sans savoir s'il m'écoute, le conduisant en rêvant, emporté par l'ironique méandre de ma vie, luttant pour ne pas m'endormir, à l'autre bout de la ville. Comme si j'avais pris conscience de posséder deux corps, deux sensibilités différentes et indissociables. Tu aurais fait quoi, Robert, à ma place. Tu aurais décidé d'ignorer ça, peut-être. Tu te serais mutilé à ce point, dis-moi. As-tu la moindre idée du nombre de types que ce sacrifice et le sentiment de honte et d'effroi qu'ils ont ressenti face à eux-mêmes ont rendus fous, à tout jamais déchirés et irritables. De la horde sans fin des emmurés volontaires, de ces féroces tribus de l'ombre, Robert, de ces sombres tribus féroces.

L'ascenseur de son immeuble est hors service.

Parvenu au cinquième étage, devant sa porte, je suis en sueur. Car je l'ai pratiquement porté, ses pieds n'ont guère touché le sol — de moi provenaient les gémissements, du feu de ma poitrine, de la pénible sensation d'arrachement que chaque pas provoquait, chaque maudite marche. Je me cognais contre la rampe, me cognais au mur, tirais des bords de matelot ivre — Robert est un poids mort d'environ quatre-vingt-dix kilos —, hissais ma charge vers les degrés supérieurs comme un stupide mulet engagé sur un sentier de montagne parsemé d'éboulis.

Je déchante lorsqu'il m'annonce entre deux grimaces qu'il ne trouve pas ses clés. Épuisé, je finis par le plaquer contre le mur et fouille moi-même ses poches. En vain. Je pousse un cri de rage. Une seconde, je suis tenté de l'abandonner là, dans ce couloir chichement éclairé où flotte un mélange d'odeurs de cuisine et de produits d'entretien, sur cette moquette bleu marine assez sale, dérisoirement décorée de fleurs de lys.

La descente n'est pas moins éreintante, en tout point semblable à la montée sinon que ce ne sont plus des râles de forge mais un chapelet de jurons sourds et sifflants qui sortent de ma bouche.

Mais j'ai l'habitude. Lorsque j'écris, je me heurte souvent à des portes closes, je suis rodé à leur obstacle, je dois les enfoncer les unes après les autres et c'est loin d'être un jeu d'enfant, on ne les renverse qu'au terme d'un minutieux travail, qu'en retour de multiples et redoublés efforts — sans savoir s'ils seront récompensés et les forces d'un homme ne sont pas inépuisables, sa résilience, avec le temps, s'effrite, l'amertume le guette, etc. Cela explique le côté ravagé, maladif, la mine d'endive cuite qui affectent tant de bons écrivains — les autres sont plutôt bronzés, bien nourris, mais les bons paient le prix fort, les bons marchent au riz complet, au pain bis, au ginseng et à la gelée royale pour se donner des forces, quand ils le peuvent, quand les à-valoir sont au minimum décents et la foule des imbéciles et des nuisibles relativement réduite au silence — ce qui permet une ou deux ventes.

Faire le tour des possibilités d'hébergement qui dans cette situation s'offrent à Robert ne prend qu'une demi-seconde.

Je rentre.

J'ai remarqué qu'en me mordant les lèvres, mon attention, pourtant vacillante, ne s'éteint pas, et que le goût du sang dans ma bouche est un parfait aiguillon. Quelques flocons inattendus de neige, en chemin, étoilent le pare-brise de façon surprenante tandis que nous quittons la voie rapide et traversons le bois qui borde l'hippodrome. Mais je ne me promène qu'un instant au milieu de ces constellations fabuleuses, ne dresse qu'un instant la carte de ce ciel mémorable à travers lequel nous voguons, ne m'émerveille qu'un temps trop court sur cette pluie de météorites lumineuses, fractales, éphémères, qui pourtant me réjouissent. Le goût du sang me ramène à la réalité. Je me secoue. Et bien m'en prend car un feu suspendu, écarlate, se dresse devant moi. Je freine. Robert bascule en avant et sa tête heurte le pare-brise.

Mets ta ceinture, dis-je.

À notre arrivée, je lui demande de m'attendre dans la voiture. Sans me regarder il secoue la tête, groggy, occupé qu'il est à croquer ses cachets de Fentanyl dont mon aimable laborantin m'a cédé quelques boîtes avec le sourire entendu qui sied.

Je lève les yeux vers le ciel noir et des flocons s'accrochent à mes cils, d'autres fondent sur mon front, sur mes joues, j'aime ça depuis que je suis enfant, et j'aime ça tout autant aujourd'hui, malgré les grondements, le chaos, la pourriture, les ténèbres. Et sur mes lèvres. Les sentir se poser et fondre sur mes lèvres. Je m'endormirais bien là, debout au milieu du parking réservé aux visiteurs, mais je n'en ai pas encore fini avec cette rude journée.

Je frappe chez Paul. Veronica vient m'ouvrir. Elle est vêtue d'un déshabillé transparent. Je dis hello, Veronica, pardon de vous déranger, vous allez bien, j'aimerais parler à Paul une minute.

Elle n'a pas le temps de me répondre. Paul arrive et la regarde. Certes, elle n'est pas nue, mais quelle différence. J'ose à peine m'en assurer. Il blêmit et l'invite à filer sans attendre. Elle hésite une seconde, baisse les yeux avant d'obtempérer dans un froufrou.

Paul m'invite à entrer, mais nous n'allons pas plus loin, nous restons dans le hall. Il m'examine d'un œil sévère et me demande si je me sens bien. Je réponds oui. Je lui résume les incidents qui ont émaillé notre parcours. Et Paul, terminé-je cependant qu'il m'écoute sans un mot, bras croisés, je vous fiche mon billet que cette femme est morte. Vous voyez le tableau, vous me suivez. Il ne répond rien. J'attends. Il prend une profonde inspiration, lèvres pincées, j'entends l'air siffler dans ses narines avant d'entrer dans ses poumons. Dehors, la neige éparse virevolte mais ne tient pas, luit un instant sur le gazon mouillé. Je donnerais la moitié de la vie qu'il me reste pour aller dormir.

En un long souffle, Paul rejette à présent l'oxygène emmagasiné un instant plus tôt.

Et tu viens me raconter ça, me dit-il sans sourire.

Je ne sais pas. À qui d'autre. Paul, ça dépasse tout ce dont nous étions convenus. Ça n'est plus de mes compétences. Robert est sur le parking, dans sa voiture, il est blessé, il neige.

Oui, c'est l'hiver.

C'est l'hiver, oui. Avant tout, il faut l'héberger pour la nuit.

Bien sûr. Tu as une idée.

Non, je n'ai pas d'idée.

Alors, bonsoir.

Il m'ouvre la porte.

Je dis je rêve, Paul, mais je rêve. C'est une blague.

Il m'écœure. Les bras m'en tombent. J'ai connu des vauriens, des crapules, des brutes, des vautours, des types sans foi, ignobles, mais Paul est au-dessus du lot. Il profite de ma sidération pour me faire prendre la sortie et referme sa porte. Je hais les portes, elles m'épuisent. Celle-ci est blindée. Je reste un temps immobile, essayant de comprendre ce qui m'échoit avant de faire demi-tour dans le crépuscule.

Hannah se réjouit que nous ayons un invité. Je me débarrasse de Robert sur le canapé du salon avec un mouvement d'humeur.

Ton père me fait chier, tu sais. Je pèse mes mots. À un tel point. J'en ai par-dessus la tête.

Robert demande un verre d'eau.

J'entraîne ma femme à l'écart pour l'informer à voix basse de la situation, lui indiquer sa méprise. Elle me serre dans ses bras, juste quand minuit sonne.

De plus belle, Robert demande un verre d'eau.

Oh pitié, Joël, soupiré-je, on ne peut pas laisser ces types qui écrivent comme des ploucs faire la pluie et le beau temps. Ils appartiennent à un monde qui n'existe plus. Ce sont des freins.

Ils peuvent te briser l'échine, Denis. Ne les sous-estime pas.

Je ne dis rien. J'ai conscience de leur puissance de feu, de la difficulté de mon entreprise. La voie que j'ai choisie se confirme parsemée d'embûches et il semblerait que je les cherche bien sûr. Mais que vaut un homme qui ne fait pas son travail, qui plie, qui rend les armes, qui se glisse dans des habits qu'il exècre. J'aimerais sincèrement apparaître sur les listes des meilleures ventes, mais je ne suis pas prêt à tout, je suis tenu par la poigne d'une entité supérieure qui me détruirait si je cédais à de méprisables renoncements.

Je me suis fait pas mal d'ennemis en écrivant ce que je pensais de tout ça, des magazines m'ont fermé leurs colonnes, on m'a roulé dans la boue, mais je n'y peux rien. Joël me connaît. Il le sait. Il est un spectateur bienveillant de mon combat. Je suis un couturier. J'habille le monde. Je l'écoute et le regarde, je l'observe. Je me mets à son service, je dois lui rendre des comptes. Je dois lui donner des preuves de mon amour. Chaque phrase doit refléter mon engagement à être juste, à ne pas les enluminer d'un éclat torve.

Ce court échange, qui se déroule dans le bureau de Joël dès le lendemain, après que j'ai sombré comme une pierre dans le puits d'un sommeil sans rêves, a pour objet l'attaque dont je suis la cible dans le supplément week-end d'un journal en ligne et dont je ne me soucierais guère, par grandeur d'âme, s'il n'y était fait mention de mes activités nocturnes d'un genre particulier. L'auteur du papier en rit encore et déclare ne plus s'étonner des errances de ma production. Je ne sais pas comment il a eu vent de cet aspect de ma vie privée, sur lequel je me montre très discret, mais il a la dent dure et jure me préférer encore en tenue légère plutôt qu'aux commandes d'une machine à écrire qui ne m'a fait aucun mal.

Je sors mon carnet et ajoute le nom du gars sur ma liste. Mais ce qui me chagrine réellement, ce qui m'inquiète, ce sont ces nuages bas qui obscurcissent le ciel, annonciateurs de tempête et de tourments. Je veux parler du numérique, de la dématérialisation du livre, des gigantesques pannes d'électricité à venir, de la tragique obscurité.

À propos, Denis, es-tu enfin prêt à me donner un titre, me demande-t-il en posant la main sur la pile de mes corrections. Ça m'arrangerait bien, vois-tu.

Ça va venir, dis-je. Ça vient.

Mais comment aurais-je pu y réfléchir une seule minute, ces temps-ci, quand la furie du quotidien m'absorbe, quand je me vois courir comme un dératé de l'aube au crépuscule, de mon lit à mon bureau, de mes diverses affaires en ville à celles de *L'Ulysse* dont je rentre épuisé, l'esprit vide.

Dans l'après-midi, je rends visite à mon père. Il se relève lentement d'une forte bronchite, paraît-il. Je ne l'ai pas vu depuis des mois, il est d'une maigreur effrayante, c'est un vieillard, mais il émane encore de lui un ressentiment terrible à mon endroit, une hostilité vivace.

Je ne vais pas te prêter d'argent, me dit-il. Débrouille-toi avec ce gangster, mon vieux. C'est ton beau-père, après tout.

Son appartement donne sur un square. En raison de sa mobilité réduite — il avait fait une mauvaise chute dans l'escalier peu après m'avoir surpris dans ma chambre, en body, au milieu de mes flacons —, ce square est à la mesure de ses promenades, son seul continent, mais lorsque l'hiver abat ses cartes, il ne sort plus beaucoup et son humeur ne s'améliore pas.

Feignant ne pas l'avoir entendu, je reste le front collé à la fenêtre, dans un silence perplexe. Je ne vais pas tenir jusqu'au printemps, attendre que les bourgeons fleurissent. Je ne veux plus travailler pour Paul et j'ai donc besoin d'argent pour mon loyer.

Je ne me souviens pas que tu m'aies une seule fois rendu un service, finis-je par déclarer. Pas une seule fois dans ta vie.

Le vent souffle, le square est vide, gris, décharné.

La femme qui s'occupe de lui, une veuve silencieuse aux yeux bleu pâle, complète ce tableau triste.

Il y a mille façons d'écrire un mauvais livre, mais la plus mauvaise est sans doute de commencer par le titre. Je l'explique à Robert qui me rejoint sur la terrasse au moment où le soir tombe, où l'air est vif et le ciel encore mauve. Il voulait savoir ce que je fabriquais et je lui ai répondu que je ne fabriquais rien, que j'essayais juste d'attraper des choses qui flottaient dans l'air, dans cette atmosphère propice, avec une bonne couverture sur le dos. Jusqu'à notre rencontre, il n'avait jamais pensé aux livres. Mais à présent, il se montre intéressé.

J'essaie de trouver un titre, lui dis-je. Je ne peux pas trop parler. Comment va ta blessure. Assieds-toi un instant, si tu veux. Mais ne me parle pas. Laisse-moi me concentrer. Ils sont là. Les mots ne sont pas loin. Je les entends presque. Et quand je dis entendre, tu comprends, je dis tout. Il s'agit souvent d'une musique. Tu entends ce vent. Il me parle. Tu sens ce froid. Il me parle. J'ai vraiment confiance, ne t'en fais pas pour moi. Si Paul n'était pas venu me chercher pour vos histoires, j'aurais trouvé ce titre depuis long-temps. J'avais besoin de deux ou trois jours, pas davantage, mais il ne m'a rien cédé. Robert, tu sais, je ne veux pas me mêler de vos affaires, mais je suis pas d'accord avec lui sur bien des points, et pour commencer, je n'aime pas la manière dont il te traite, c'est indigne, tu étais blessé et il t'aurait laissé coucher dehors, eh bien moi, ça ne passe pas. Il est rare que chez les pires d'entre nous on ne trouve pas un reste de compassion pour leur semblable, la nature de l'homme est ainsi faite, sa grandeur vient de là, mais chez Paul, je te le dis à toi et je ne le dis à personne d'autre, je ne l'ai pas encore trouvé. Cette étincelle d'humanité chez Paul, je ne suis pas sûr qu'elle existe. Et pourtant, il est presque mon père, je suis prêt à lui ouvrir les portes de mon cœur mais je cherche en vain une seule raison pour le faire. Je ne dis pas ça méchamment, je me borne à regarder la vérité en face. Moins on attend d'un homme tel que lui, mieux on se porte. Tu as faim. Il est bientôt l'heure de manger. Maintenant laisse-moi, laisse-moi, il faut que j'attrape ce fichu titre, à présent. Réfléchis à ce que je t'ai dit.

Deux ou trois jours plus tard, il neige en abondance. Paul est à cran car son antenne parabolique motorisée est tombée en panne depuis la brutale remise en service du courant, lequel nous a fait défaut durant toute une nuit. Il m'avait appelé, au moment où j'allais me coucher, pour que je vienne voir si je pouvais faire quelque chose, me caressant amicalement l'épaule pendant que j'étais à genoux devant ses câbles et ses fils qui n'étaient rien d'autre que du chinois pour moi, mais je voulais donner l'image du bon gendre, toujours là, toujours prêt à donner un coup de main, à dépanner, car cette histoire de loyer était en suspens, nous n'en avions pas encore parlé, avions écarté le sujet d'un accord commun et informulé tant que Robert n'était pas sur pied.

L'autre soir, lorsque nous avons eu cette panne d'électricité — un pylône s'était abattu quelque part et tout l'ouest de la ville était touché — nous étions à table tous les quatre — Paul faisait comme si Robert n'était pas dans les parages et nous avions laissé celui-ci dans notre appartement avec un reste de spaghettis au jambon, devant la télé allumée. Paul s'était levé pour découper le gigot d'agneau lorsque nous étions soudain tombés dans le noir.

Paul n'est pas simplement à cran ce matin car il sait qu'il ne pourra pas suivre je ne sais quelle rencontre importante en vue du Masters, non, il est aussi à cran pour autre chose. Il est persuadé que Veronica ne tourne pas rond. Non qu'il ait abordé le sujet de front avec moi, mais il me l'a plus ou moins laissé entendre. Je ne suis pas le seul à qui elle a ouvert la porte en petite tenue, deux ou trois livreurs en ont déjà fait l'expérience, croit-il, puis il change aussitôt de sujet.

Je m'aperçois à cette occasion que je ne me suis jamais vraiment interrogé sur leur vie sexuelle en raison du peu d'intérêt que j'y porte, et j'enregistre l'information avec l'intention d'y revenir plus tard, le cas échéant.

Paul a grogné mais qu'est-ce que c'est que ce bordel quand les plombs ont sauté, lâchant son couteau à gigot dont le manche, constitué de la patte naturalisée d'une jeune biche au poil couleur caramel, au petit sabot verni, constituait l'un de ses souvenirs de chasse.

La nuit était très noire et le salon, où brillait encore un grand lustre de cristal un instant auparavant, baignait soudain dans une obscurité complète. Veronica éclata de rire et déclara que chacun devait avant tout mettre la main sur son verre. Elle avait un peu bu, à la suite d'une remarque blessante de Paul, durant l'apéritif, sur la longueur de sa jupe pour une femme de son âge — et j'avais en vain cherché le regard d'Hannah. J'attrapai le mien en me levant et m'avançai à tâtons vers la baie pour voir si la moindre lumière brillait quelque part, mais pas une étoile ne luisait.

Paul demanda où étaient les bougies et Veronica, pouffant sur ma droite, ayant emprunté sans attendre et sans encombre le chemin du bar — si l'on en croyait le tintement des bouteilles —, répondit qu'elle n'en savait rien et qu'elle s'en fichait.

Je regrettai de ne pas voir la tête de Paul à cet instant. Je ne distinguais pas ma main devant mes yeux.

Je vais inspecter les tiroirs de la cuisine, dis-je. Ne bougez pas.

En chemin, je tombai sur elle. On n'y voyait rien mais je connaissais suffisamment bien le corps d'Hannah pour m'apercevoir d'emblée que ce n'était pas le sien. J'eus l'impression qu'elle restait collée à moi une seconde de plus que nécessaire après que mes mains en éclaireurs eurent effleuré sa poitrine par mégarde. Puis je sentis un faible souffle, d'une tiédeur agréable, bien qu'alcoolisée, courir sur mon visage. Je reculai cependant sans un mot, l'esprit en alerte, et la contournai tandis que la flamme d'un briquet jaillissait près de la table, illuminant la scène comme une crèche.

Je refusais de penser quoi que ce soit de l'épisode. Je trouvai quelques bougies et nous nous installâmes dans le salon pour nous partager un baba au rhum dont le cœur était garni de framboises.

La conversation n'était pas très intéressante mais Veronica ne chercha pas du tout à y participer. Installée dans un fauteuil face au mien, en retrait, elle tirait chaque minute sur sa jupe et nos regards se croisaient — c'était à celui des deux qui détournerait le sien le plus vite —, la présence de Paul et d'Hannah occupés à décider d'un séjour à la montagne, ainsi que l'éclairage parcimonieux, instable, n'étant pas faits pour dissiper le trouble qui prenait place, l'excitation de l'interdit, l'irrésistible attrait de la chute pour le pécheur.

Je n'étais pas assez fou, cependant, pour m'y risquer davantage. Il me suffisait de poser les yeux sur Paul pour m'ôter la moindre envie de tenter l'aventure, aussi extravagante qu'elle fût.

Paul est à cran car une chose lui échappe. Nombre d'écrivains se sont penchés sur la sexualité des femmes et même les meilleurs sont convenus qu'il ne fallait pas chercher à comprendre.

Non, Paul, je ne sais pas si le bromure convient aux femmes. Pourquoi me demandez-vous ça.

Veronica est sortie faire des courses. Il scrute le ciel gris. Il m'avoue qu'une nuit, alors qu'il rentrait tard d'un rendez-vous en ville et voyant de la lumière sous la porte de sa chambre, il avait glissé un œil à la serrure et l'avait trouvée nue sur son lit, une main entre les jambes, en train de fumer de l'herbe.

Hannah fait la même chose, déclaré-je.

J'oublie qu'il n'a aucun sens de l'humour. J'ajoute je n'ai rien dit, ne faites pas attention, mais il peine à changer d'expression et me considère d'un air méfiant jusqu'à l'arrivée des techniciens envoyés d'urgence afin de réparer son antenne. Il me laisse. Chaque jour je brûle davantage de connaître le passé de cet homme, l'étendue du mal qu'il a dû commettre. Tout écrivain devrait pouvoir fouiller dans les beautés cachées et les horreurs cachées des âmes s'il veut être utile à quelque chose.

Je profite du temps libre que l'état de Robert nous impose — il se remet juste à son entraîne-ment dans un coin de notre salon tandis que la police recherche un homme blanc, d'une cin-quantaine d'années, blessé à l'arme blanche, mais sinon inconnu du mari de la victime avec lequel Paul s'est brièvement entretenu et qui ne sait rien, qui n'a rien vu, qui ne se rappelle rien — pour écrire un peu. J'espère ne pas le garder trop longtemps à la maison et qu'il pourra rentrer chez lui d'un pas ferme, sans attirer l'attention, sans s'évanouir dans l'ascenseur ou se crampon-ner à la rampe comme une couleuvre exsangue.

À l'entendre, il se rouille, il s'ennuie et il a hâte de reprendre notre petit commerce.

Je préférerais ne pas, lui dis-je.

Ne pas quoi, Denis.

Je ne réponds rien. Je pivote sur mon siège et m'arrête face à la baie, sur le bois couvert de neige et le ciel vide que traverse un vol d'oies sauvages qui disparaît derrière un pin parasol dont les branches noires abritaient hier encore un couple d'écureuils et que l'on ne voit plus depuis un moment malgré les efforts d'Hannah pour les attirer en leur balançant des graines. J'avais entendu Paul déclarer, à une réunion, que la copropriété n'avait pas vocation d'abriter une ménagerie, sinon pourquoi pas des lapins, des poules, des dindons, avait-il ajouté en mettant les rieurs et les pisse-froid de son côté.

Je ne veux accuser personne, Hannah, mais il est capable de ça. Désolé que ce soit ton père. Il tire bien sur des oiseaux quelquefois.

Père ne tire que sur ces pigeons qui dégueulassent tout.

Ce ne sont pas des oiseaux, peut-être. Les pigeons ne sont plus des oiseaux parce que ton connard de père leur tire dessus. Est-ce que tu déménages.

Cette humeur de chien depuis deux ou trois jours, je la dois à la présence de Robert entre nos murs. Hannah est la seule personne que je peux supporter, partageant le même air, le même territoire que moi, quand j'écris, et j'ai beau être enfermé dans mon bureau et lui à l'autre bout de l'appartement, ça n'y change rien.

Je l'entends aller et venir.

Lorsque je m'aperçois qu'il parvient à exécuter ses stupides exercices abdominaux, je descends prévenir Paul de ses progrès pour qu'il m'en débarrasse au plus vite.

Mais comme j'arrive au rez-de-chaussée, que je rumine les mots que je vais employer pour lui dire que je démissionne, il sort en trombe de chez lui, un manteau à demi enfilé dans sa course, il est rouge de colère et m'avisant, sans marquer le moindre temps d'arrêt, avant même que j'aie ouvert la bouche, il me lance pas maintenant, tu m'entends pas maintenant et il s'élance dehors comme une fusée.

Une seconde plus tard, je l'entends démarrer et ses feux arrière ont bientôt la taille d'une tête d'épingle et le silence retombe à présent comme un coup de hache.

La porte de Paul est restée entrouverte. J'ai un pied déjà posé sur la première marche de l'escalier, j'ai déjà saisi la rampe et le poids de mon corps s'est déjà déporté sur ma cuisse avant, je suis sur le point d'y aller, rien ne me retient en dehors d'une force invisible, je reste immobile.

Mes pensées se bousculent. J'espère qu'un jour je serai maître de tout ça, que je saurai y mettre bon ordre et pèserai soigneusement le pour et le contre, dans le calme, dans la sérénité, avant de m'engager dans une action coupable sur une vague invitation de ma part sombre.

Le salon est faiblement éclairé par les lumières du jardin scintillant de neige glacée. Veronica est installée sur un tabouret du bar. Elle pleure en silence. Je m'en doutais. Mon instinct d'écrivain me joue rarement des tours. Je n'ai rien vu de ce qui s'est passé entre elle et Paul mais je pourrais décrire la scène sans me tromper. Je n'ai pas besoin de regarder sa joue, je sais que l'on peut y compter chaque doigt de la main de Paul et je ne me tourne même pas vers le salon pour y découvrir une chaise renversée et sans doute quelques éclats de verre sur le tapis. C'est à cet endroit qu'il l'a frappée, qu'elle a titubé sous le choc et que perdant l'équilibre elle est partie à la renverse, littéralement projetée sur le canapé. Je vois tout.

Les mots dont il la traite n'ont que peu d'intérêt. C'est un malade, et d'une jalousie féroce, bien entendu. Ce genre de type est ainsi fait. Je me sers un verre. Je ne lève pas les yeux sur elle, je respecte son mutisme et me garde bien de lui tendre mon mouchoir, cette mièvrerie. J'ai fini par convertir Paul au Hendrick's et je suis presque sûr de trouver du concombre dans le bac à légumes du réfrigérateur, mais je décide de m'en passer et j'avale mon verre aux reflets finement bleutés par l'éclairage de la piscine, d'un trait.

Enfin, elle se décide à redresser la tête, ses cheveux noirs s'écartent de son visage et elle me tend la main par-dessus le comptoir sans prononcer un mot. De mon côté, je baisse la mienne encore davantage, piquant du nez, cherchant en vain la pointe de mes chaussons en raison de la pénombre. Je prends sa main comme à regret. Et pourtant, je ne commets là aucun crime, Veronica est ma belle-mère. Lui tenir la main pour la réconforter, quel gendre un peu normal n'en ferait pas autant. Veronica n'est pas tout à fait ma mère, elle n'est pas celle que je n'ai plus, mais néanmoins, il y a de ça néanmoins, Paul et elle sont ma seule famille, que je le veuille ou non — n'en fait plus partie celui qui m'a renié et refuse de me dépanner alors que j'ai payé intégralement les obsèques de ma sainte de mère, il n'a pas déboursé un centime au motif qu'il ne l'aimait plus, j'ai failli lui casser la gueule.

Elle tire un peu sur ma main pour me faire signe de la suivre. Et comme visiblement elle ne veut pas me lâcher — et je peux très bien le comprendre après l'épreuve qu'elle vient de traverser, je ne suis pas sentimental de nature, mais je ne suis pas insensible —, je passe par-dessus le comptoir et me rétablis de l'autre côté, puis elle nous mène au canapé. Mais je suis prêt à écouter ses confidences. Je sais qu'il est bon de temps en temps de se confier. Nous allons tranquillement nous asseoir, côte à côte, épaule contre épaule, chacun les mains dans son giron, dans une ambiance de confessionnal, il ne va rien nous arriver de mal, elle a raison, c'est sans doute mieux, il n'y a aucune raison d'être mal installés, et si je tends l'oreille, elle peut bien murmurer si elle veut, si elle pense que c'est plus facile.

Nous prenons place et je me fais la réflexion. Pas un mot n'a encore été prononcé depuis que j'ai franchi la porte. Je me fais la remarque. Une telle situation peut durer des heures quelquefois.

Elle n'a pas lâché ma main. Elle la pétrit. Je place l'autre devant ma bouche pour toussoter brièvement. Elle sort un mouchoir de sa manche pour s'essuyer les yeux. Je hoche la tête. Elle reprend ma main et la serre contre son ventre. Je me laisse aller contre le dossier. Combien d'hommes se lèveraient et partiraient à ma place. Et parmi ceux qui restent, combien méritent l'opprobre, combien le châtiment. Un instant, je songe à me jeter dans la piscine fumante et rester sous l'eau le plus longtemps possible. Pendant ce temps, elle se calme et pose sa tête contre mon épaule. Je pense que si cet imbécile de Paul entrait et nous trouvait ainsi, dans cette posture équivoque, il en ferait une maladie, il s'étranglerait, incapable de comprendre le lien affectif, tout à fait naturel, qui unit un gendre à sa belle-mère. Il ne pourrait rien me reprocher d'autre que d'avoir une main sur la cuisse de Veronica, mais je pouvais tout expliquer, l'enchaînement, l'entropie.

Un instant plus tôt, elle la pressait contre son ventre. Elle avait dû glisser. Ce genre d'incident arrivait, sans témoin. Chercher un responsable ne servait à rien. Il était tard. Sans m'avertir, avec un gémissement, elle se tourna vers moi et me prit dans ses bras.

Qui n'a jamais éprouvé le lancinant besoin de tenir quelqu'un dans ses bras à un moment donné, quand toute la ville dort et qu'un désert sans fin règne alentour, et l'angoisse d'être au monde. Quant à moi, je gardais mes mains loin d'elle et ne faisais pas un geste par crainte de l'effaroucher. Sa joue contre ma chemise était tiède. Elle remuait doucement contre moi comme un crabe qui cherche à s'enfoncer dans le sable.

Le souvenir de notre vague attouchement, l'autre soir, à la faveur de l'obscurité complète, et de l'opacité folle des sentiments qui s'en étaient suivis, demeurait vif. De longue date, et me semble-t-il d'un accord commun, encore que pour des raisons différentes, Veronica et moi avions pris soin de nous tenir pour asexués, respectivement, dénués de libido, afin de ne pas compliquer les choses. Mais c'est dresser un rempart de cristal contre un bélier de bronze brut et se croire à l'abri que de donner foi à cette foutaise, notre soi-disant force intérieure, nos résolutions soi-disant intangibles, notre maîtrise, notre raison de fer, notre volonté d'acier trempé.

Certes, il m'arrivait de glisser un coup d'œil sur son entrejambe lorsque l'occasion se présentait, et sur sa poitrine, bien sûr, lorsque nous prenions le soleil et qu'elle se retournait sur un matelas à rayures argentées de la copropriété, un bassin de vingt-cinq mètres en forme de haricot, ou simplement au bord du jacuzzi de leur jardin privé quand en maillot elle vernissait les ongles de ses pieds en mauve, et ou encore après la douche, quand l'un d'eux apparaissait dans le repli d'une serviette-éponge, je les apercevais, libérés d'un soutien-gorge, par l'échancrure d'un peignoir ou d'une chemise ouverte, mais je ne m'y attardais pas. Je n'enregistrais rien. Je chassais aussitôt ces images de mon esprit.

Pendant ce temps, elle ne bouge pas. Je garde les mains en l'air pour ne pas la toucher. J'ai l'impression qu'elle m'étreint de plus en plus, bien qu'elle semble endormie.

Je crois que j'ai fait du bon travail malgré tout. Il suffit parfois de peu de choses pour regagner quelques points dans l'estime de soi, pour se féliciter d'une bonne action, fallût-il se priver de récompense et rester sur sa faim. Avoir un rapport sexuel avec Veronica ne me déplairait pas dans une certaine mesure, mais il faut savoir se conduire en personne civilisée ici et là et accepter nos bonnes vieilles coutumes.

Je me laisse glisser tel un enfant entre ses bras, m'en défais avec précaution, songeant déjà, me figeant quand elle soupire, à lui trouver une couverture pour qu'elle ne prenne pas froid aux jambes, ni aux cuisses que sa jupe courte, remontée, ne dissimule plus.

Au moins notre entrevue l'aura réconfortée, apaisée, et j'ai su ne pas profiter d'un moment d'égarement, de lassitude chez elle, que nous aurions pu regretter plus tard. Une fois debout, je la considère avec intérêt. Je pense qu'elle va s'imaginer que mes goûts sont ailleurs, que mes mauvaises fréquentations ont déteint sur moi et que je cherche plutôt la compagnie des hommes, or je pourrais la détromper dans la seconde, lui clouer le bec aussitôt. Je pourrais bien lui faire tâter l'érection qui m'encombre à l'instant où je pars et qui vaut tous les éclaircissements, toutes les dénégations du monde. Au cas où ma retenue la rendrait perplexe.

J'ai toujours eu du mal à faire comprendre ça. Pour Hannah, je ne fais que me livrer à un jeu sans importance, à une lubie d'écrivain qui n'a pas l'air de l'inquiéter tant que je me soucie d'elle et qu'elle parvient à ses fins. Mais pour les autres. Adolescent, mes penchants pour les accoutrements féminins avaient fini par me faire mal voir des parents d'élèves et je n'étais plus guère invité à passer l'après-midi sous leur toit, à partager les jeux de leurs enfants — qui s'étonnaient de me voir fouiller dans les affaires de leur mère, ces crétins, et qui n'ont pas grandi, qui m'ont toujours considéré comme un type bizarre, portant du linge de femme et sautant les filles à contrecœur selon eux, m'y résignant pour paraître normal, pour échapper au pilori qu'ils avaient toujours hésité à dresser sous mes fenêtres, dans le doute, ces futurs étrangleurs, assassins, violeurs, escrocs, pères indignes, etc.

Veronica m'a évité durant les jours qui ont suivi et j'ai appris que Paul avait passé quelques nuits à l'hôtel. J'avais été pour ma part occupé à mettre au point avec Ramon ce duo auquel j'avais fini par me laisser convertir sans enthousiasme sur les conseils répétés de Christian qui voyait d'un bon œil mon association avec un chanteur médiocre mais pourvu d'un physique admirable — le côté chanteur médiocre n'embarrassait pas Christian un seul instant. J'avais passé quelques jours en compagnie de Ramon, avec lequel quoi qu'il en soit je m'entendais assez bien, du moins lorsqu'il n'ouvrait pas la bouche, car pour le reste, c'était une véritable statue grecque et lorsque nous étions tous deux habillés en femme, qu'il me serrait et se frottait contre moi, il m'arrivait de perdre pied une seconde, après quoi je disais Ramon, excuse-moi, on arrête, je suis fatigué, il faut que je me repose un peu. Mais n'en fais pas trop, non plus, personne ne nous regarde.

Il était collant mais toujours de bonne humeur. Je me disais que s'il avait chanté juste, ce type aurait fait un malheur, il aurait eu la salle à ses pieds. Il venait voir, entre chacun de nos sets, comment j'allais et si j'étais à nouveau d'attaque. Je me levais pour ne pas rester seul dans une pièce avec lui et nous retournions sur scène et il me prenait par la taille, et ça durait des heures et c'était bon malgré tout, j'avais besoin de décompresser, de m'immerger dans autre chose.

Le matin, quand je rentrais, j'étais en forme. Je me lançais sur le sol gelé du parking et opérais une glissade jusqu'à l'entrée. Il faisait un froid sec, il ne neigeait plus, le ciel était clair, couvert d'étoiles.

Robert avait regagné ses pénates. Je me sentais mieux, mais lui se sentait moins bien apparemment. La solitude. Après avoir goûté les plaisirs d'une ambiance familiale, Robert avait trempé ses lèvres dans un breuvage plus amer en retournant chez lui et il ne s'en remettait pas. Il passait nous voir tous les jours, le matin, le soir, il sonnait et filait droit dans la cuisine se préparer un café, lire son journal, ou apportait un rosbif ou mettait des fruits sur la table.

Ma décision de mettre fin à notre collaboration le préoccupait à plus d'un titre, mais c'était surtout pour moi qu'il s'inquiétait. Il m'aimait bien, à présent, et il cherchait le moyen de me venir en aide après que j'aurais annoncé à Paul que je me retirais de l'affaire tout en répétant qu'il ne voyait pas comment.

À la suite de quoi, il s'avance un matin vers moi et me déclare qu'il a trouvé. Il sait ce qu'il faut faire. Je suis au téléphone avec Joël qui vient de m'annoncer qu'un de mes livres est sur le point d'être publié en braille — et c'est une chose émouvante pour un écrivain d'être lu par un aveugle, émouvante et comique et qui entraîne des réflexions en chaîne. Je n'écoute Robert que d'une oreille tandis qu'il s'installe en face de moi avec une légère grimace sans prendre la peine d'ôter son anorak d'où dégringolent quelques flocons. Pour la forme, je demande

à Joël le montant des à-valoir et j'obtiens un ricane-
ment joyeux à l'autre bout du fil.

Robert pose une main sur mon genou — sa relation avec Jacqueline, chaotique, a nettement
transformé ses manières. Je termine ma conversation avec Joël qui a sa femme sur l'autre ligne
et qui m'embrasse.

Je l'embrasse aussi et me tourne vers Robert
après avoir poussé sa main de mon genou.

Je ne sais pas, lui dis-je. Il faut que je réfléchisse.
Mais c'est gentil de ta part. J'apprécie.

Ça se passera bien, Denis. Ça ne me gêne pas.
Ça restera entre nous. Tu pourras écrire dans la
voiture, pourquoi pas.

Non, j'ai besoin d'une ambiance particulière
pour travailler. Je ne me vois pas écrire avec l'agitation de la rue autour de moi. Je suis incapable
d'écrire à une terrasse, pour commencer.

Tu n'as rien à faire. Ne fais rien. Ne dis rien
à Paul. C'est tout. Il n'y verra que du feu. Ne
cherche pas la bagarre avec lui, Denis. Suis mon
conseil. Écoute-moi.

Nous nous fixons un instant en silence.

Moralement, c'est limite, soupiré-je en me
levant.

Je repensai à sa proposition dans l'après-midi,
alors que j'étais seul et que je méditais sur le
retour de Paul qui venait de passer sous mes
fenêtres. Je pense que ma décision était déjà
prise, mais le voir m'a aussitôt coupé l'envie de
faire quoi que ce soit pouvant m'attirer la colère

de cet homme. Je n'étais pas prêt. Je n'étais pas encore assez fort. J'ai baissé la tête. J'ai appelé Robert pour lui dire que j'étais d'accord. Que j'étais mal à l'aise, vis-à-vis de lui, mais que j'étais d'accord, que je m'en voulais d'accepter, bla, bla, bla. J'avais un peu honte de mon bonheur. Retrouver ces longs après-midi de liberté, consacrés à la lecture et à l'écriture, à la longue route, n'était-ce pas trop beau pour être vrai, n'était-ce pas tout ce que je voulais. Travailler avec la sérénité du gars qui paie son loyer, que demandais-je de plus.

Je trouvai dans un magasin le même pull que Milena avait découpé aux ciseaux pour accéder à sa blessure et le lui offris le lendemain en témoignage de ma gratitude. Et là, après un blanc si long que je finis par m'inquiéter, il m'apprend que je suis le seul ami qu'il ait jamais eu.

Tu déconnes, Robert. Tu veux rire, n'est-ce pas.

Non. Pas du tout. Je suis le premier surpris.

Je plaque le pull contre sa poitrine, pour vérifier la taille.

C'est parfait, j'ai eu l'œil, dis-je.

À entendre Jacqueline, qui continue de le voir, c'est assez triste pour être vrai. Mais c'est une qualité dans son métier, ajoute-t-elle. Mieux vaut ne pas avoir d'attaches, c'est même recommandé.

Sa blessure me donne mauvaise conscience. Elle se rouvre encore parfois quand il se démène trop et ce n'est pas le premier pansement que je lui refais, le soir, lorsqu'il vient me confier les recettes de la journée afin que j'en tienne le compte dans mon carnet et le décharge de l'argent liquide ou des bijoux qu'il a pu ramasser.

J'ai mauvaise conscience à le voir franchir ma porte comme s'il avait passé la journée à casser des cailloux ou à errer dans la lande à travers les broussailles. Je sais qu'en raison de mon absence le boulot est plus rude, que devant un type seul certains tentent leur chance et se rebiffent, ce qui l'oblige à redoubler d'efforts pour obtenir gain de cause et pour être costaud, il n'est plus tout jeune, et la vitesse commence à lui manquer pour parer tous les coups.

Ne t'occupe pas de ça, fait-il en marchant droit vers une chaise après avoir vidé ses poches sur la table. J'ai besoin de faire du sport. Profites-en pour écrire. Que ça serve à quelque chose. En tout cas l'idée me plaît bien. Ça me plairait d'apparaître dans une de tes histoires, pas en salaud que je suis, bien sûr, j'espère que tu feras cet effort.

Je ne sais pas. Je ne te promets rien. Je ne peux pas écrire sur commande. Attention. Je ne suis pas une machine. Si je ne suis pas visité, je ne suis pas visité. Impossible de me forcer. Mais sache que je te réserverai un sort équitable, sache que tu n'auras pas affaire à un ingrat si je tombe sur toi. Quoi qu'il en soit, ta suggestion m'honore. Vous n'êtes pas nombreux à soutenir la création littéraire.

De sorte qu'en retour, je m'efforce de me montrer digne de la rançon dont il s'acquitte dans la douleur pour me préserver, moi et mes états d'âme, des réactions caractérielles de Paul. Je ne reste pas au lit, je ne vais pas me promener, je ne vais pas non plus au cinéma, je ne m'endors pas sur mon bureau quand je sais que Robert paie sans doute au même instant de sa personne, faisant rendre gorge à je ne sais qui, je ne sais où, en partie pour moi. Le soir, après les comptes, je l'entretiens des travaux qui ont occupé ma journée, ma correspondance avec untel, mon article sur celui-là, mes recherches, les pages que je griffonne — dont je ne saisis pas encore la destination mais il est persuadé quant à lui qu'il s'agit des pages de mon prochain roman et qu'il y sera, et il n'y a rien à faire pour lui ôter cette idée de la tête, je me contente de sourire.

Plaisante, me dit-il. Mais j'aurai l'impression d'avoir fait quelque chose de moi si je deviens un personnage de ton livre. Quelque chose me survivra, non.

Je ne vends pas tant que ça, glissé-je. Tu sais, je ne suis pas Balzac. Ni Proust, bien entendu.

Il se penche pour prendre son verre sur la table basse, souriant à part lui avec gourmandise.

J'ai commencé par être son chauffeur, me dit-il, je ne t'ai pas raconté. Il y aurait de quoi écrire tout un chapitre.

Hannah ne voit pas ça d'un très bon œil, qu'il s'immisce. Je sens que tout n'est pas vraiment clair entre eux, qu'ils se forcent. Avec talent, certes. Je n'ai pas d'explication, je n'ai rien de sérieux à mettre en avant car ils prennent chacun, séparément, des mines de parfaits imbéciles tombant des nues quand je les questionne, quand je leur demande ce qui cloche — et je crois qu'ensuite ils redoublent d'efforts pour paraître les meilleurs amis du monde, se croisent avec le sourire dans l'appartement, se font des amabilités à table, de sorte que je ne surprends rien de précis qui les confondrait et révélerait le peu de goût qu'ils ont l'un pour l'autre, pas un geste, pas un seul regard appuyé qui confirmerait mon impression. Je sais que je ne me trompe pas. Si je fouille les noirceurs de mon âme, je peux sans peine imaginer deux ou trois misérables petits secrets enfouis, pourquoi pas sordides. Je n'ai pas toujours été là. Et je me souviens qu'il n'avait guère apprécié mon arrivée dans la famille quelques années plus tôt, avant qu'il n'opère cette inattendue et opportune reconversion à mon égard. Il m'avait à l'œil. Pas en sympathie.

Il est bien gentil, mais je ne veux pas qu'il t'embête, me dit-elle.

Je la rassure. Je suppose que Paul aurait découpé Robert en morceaux s'il avait appris que son chauffeur posait les yeux sur sa fille, et Robert le savait. Les affres qu'il encourait. Non que ce scénario fût le bon, mais il était plausible. Robert devait ronger son frein, méditer sur la cruelle condition d'employé de maison, d'homme à tout faire, et ruminer avec frénésie l'histoire du crapaud amoureux d'une étoile — quand bien même fût-il d'un physique acceptable, et le terme d'étoile, concernant Hannah, un peu fort pour une poupée Barbie à gros seins, fût-elle extrêmement sexy.

Elle m'avait foudroyé. Elle m'avait transformé en animal. Je suis encore ému quand j'évoque cette période, je me vois encore paralysé sur place quand je l'aperçois avancer dans le couloir devant moi pour entrer dans la salle et je continue d'être estomaqué quand je vois que cette fille n'écoute rien, ne prend aucune note, et passe une bonne partie du cours à se faire les ongles, les tailler, les limer, les vernir, avec la plus grande application. Je suis éberlué. Pendant que les autres travaillent, je lui demande à voix basse et en souriant ce qu'elle fiche à mon atelier d'écriture et me renvoyant mon sourire elle me répond rien, je ne fiche rien, je sais même pas de quoi ça parle, j'aime votre voix, c'est tout.

Au lieu de lui indiquer la sortie, je souris bêtement. Eh bien, c'est déjà ça, finis-je par déclarer. Et je ne peux ajouter un mot de plus, car je suis déjà à sa merci, en proie au plus aveugle des désirs, je ne sais pas où je puise la force de ne pas me décomposer devant elle, de sourire à nouveau et de faire demi-tour, de marcher vers mon bureau comme un somnambule, un boxeur K-O debout.

Quelques minutes plus tard, reprenant vaguement mes esprits, je ramasse leurs copies pendant qu'ils sortent, mais je l'observe du coin de l'œil et je frémis intérieurement. Je ne suis pourtant pas en manque sexuellement. Malgré mes manies, je n'ai pas trop de mal à trouver des partenaires et j'ai eu la chance de coucher avec de vraies beautés, des Italiennes, par exemple, mais aucune n'a eu un tel effet sur moi, aucune ne m'a porté un tel coup, aucune ne peut se vanter de m'avoir fait coucher le premier soir. Bref, la salle se vide, je ferme la porte avant de me transformer, le souffle court, sous leurs yeux en monsieur Hyde, je m'y adosse en fixant le sol un instant, ses nervures incrustées dans le lino, puis mon regard se lève sur la salle vide et se pose sur la chaise qu'un instant plus tôt la jeune femme occupait.

Elle m'a transformé en animal. Je dois dire la vérité, je me suis agenouillé devant sa chaise, le cœur serré qu'elle ne soit plus là, et j'ai commencé par y poser ma joue. L'assise de bois contreplaqué était encore tiède. J'en aurais pleuré de joie. Et cette tiédeur, Dieu du Ciel, ce condensé d'air saturé qui avait régné sous sa jupe pendant que j'exposais les qualités et les défauts du style indirect, s'était tout simplement déposée sur le vernis, comme le voile ouaté de brume qui s'étend sur un lac de montagne, au petit jour, et qui reste là, piégé par je ne sais quel miracle, et l'odeur de cette fille, je manque de tomber à la renverse, je revois ses cuisses nues, sa jupe comme une corolle autour d'elle, je m'enivre de son odeur, je m'en emplis, je la renifle, je rassemble dans mes deux mains cette chose invisible qui renferme ses invraisemblables et précieux effluves corporels et je l'aspire profondément, j'en envahis mon cerveau, je titube.

Revenant à moi au bout d'un moment, comme après un trip, je pense que je vais mourir si je ne la revois pas. Je file aussitôt au bureau des inscriptions pour consulter les fiches des élèves et je note ses coordonnées. Je ne fais jamais ça, j'ai d'autres stratégies, j'aime bien l'attente, le jeu, les travaux d'approche, mais Hannah — je viens de découvrir son prénom — a tout balayé. Je l'appelle et nous couchons le premier soir. Les parents ont une grande maison. Je n'ai lu aucun de vos livres, me dit-elle en s'excusant, mais votre voix fait vibrer quelque chose en moi. C'est surtout ça.

Vous les lirez plus tard, lui dis-je en la suivant dans les étages, vous êtes jeune, vous avez le temps.

Il n'empêche que je vous admire. J'admire les écrivains. Je n'ai pas besoin de les lire.

Oui, dis-je, c'est particulier comme démarche.

Elle me fait entrer dans sa chambre. Elle ferme la porte. Les parents ne sont pas là. Voilà, dit-elle, nous sommes tranquilles. Alors.

Alors Hannah, déclaré-je en baissant la tête comme un homme devant une guillotine, Hannah, il faut que je vous parle. J'en ai des brûlures d'estomac. Si je ne fais rien, je vais m'enflammer sur place, non, ça existe, on connaît des cas de combustion spontanée.

Je lui parle, je lui réponds, mais ce n'est pas moi. En fait, je ne comprends rien de ce qu'elle me dit, je ne comprends pas comment je suis arrivé là, dans cette improbable bonbonnière, par quel stratagème j'ai réussi à me faire inviter chez elle après un simple coup de fil — mais comment aurais-je pu ne pas la convaincre, comment aurais-je pu ne pas me faire inviter chez elle quand aucune autre option ne pouvait être, quand je n'avais pas d'alternative, comment aurais-je pu ne pas trouver les mots magiques dans cette situation extrême.

C'est une chambre de poupée, totalement extravagante, tout paraît composé de satin fleuri, d'abat-jour à volants, de coussins à pompons, de moquette rose, de rubans d'organdi. J'enregistre ces détails avec une vague inquiétude, et cette jeune femme qui m'observe, mi-sérieuse mi-amusée, tout en boucles blondes, à la taille de guêpe, à l'imposante poitrine, les poings sur les hanches, la tête légèrement inclinée, qui me scrute, pendant que mon cœur bat. J'aimerais à la fois tourner les talons sans attendre et prendre racine dans cette chambre, ne plus en bouger. Je souhaite qu'elle me pardonne, qu'elle comprenne que je ne suis plus dans mon état normal, qu'une force obscure a pris les commandes, c'est difficile à expliquer. A-t-elle au moins conscience de l'effet qu'elle produit sur moi, des phéromones et autres molécules de l'Enfer auxquelles je suis exposé dès qu'elle est dans les parages.

À ce moment, je ne me pose pas de questions, bien entendu. J'en suis d'ailleurs incapable, je suis un animal, abruti par un unique et irrépressible guide, je ne me demande pas qui elle est, je ne sais pas encore de qui elle est la fille, et sans doute suis-je bien le seul.

Je parviens à mes fins, quoi qu'il en soit. Je reprends pied, je respire, je me détends. J'accueille toujours avec plaisir ce sentiment d'absolue vacuité qu'on éprouve en roulant sur le côté une fois la chose faite. Un instant, fixant le plafond, le cœur léger, je ne sais plus où je suis. Puis je m'aperçois avec horreur que j'ai mis ses sous-vêtements, que ses bas sont à mes chevilles, que j'ai usé de rouge à lèvres. Mais je n'ai pas le temps de m'interroger plus avant car la voilà bientôt s'emparant de ma bite luisante et molle que ne pouvait plus guère contenir son minislip saumon pâle à dentelle et qui pendait à l'échancrure après avoir accompli sa ténébreuse besogne.

Je garde de cette première fois un vif souvenir. Au point que je ne sais, de retour en arrière et conscient du prix que je paye aujourd'hui, si j'y réfléchirais à deux fois avant de la renverser sur son lit et de monter sur elle. Certains grands plaisirs ne peuvent s'effacer, brillent dans le lointain d'une lueur infinie.

Non pas que mon désir pour elle eût fondu au fil du temps ou que l'habitude eût terni son éclat, mais nous sommes en terrain connu, aujour-d'hui. Or ce soir-là, avant que je ne disparaisse par la fenêtre au retour des parents, j'avais marché sur les eaux, pénétré une forêt enchantée dont les arbres s'écartaient l'un après l'autre pour me laisser passer, j'avais vécu un rêve, j'avais effacé d'un coup les tristes derniers mois avec de tristes femmes qui n'avaient pour moi de nouveauté que le nom, d'un point de vue sexuel — mêmes seins, mêmes fesses, mêmes caresses, mêmes positions, mêmes sexes, etc. J'avais pris deux kilos ce printemps-là et pas une seule jeune femme de mes ateliers n'éveillait mon intérêt, ne piquait ma curiosité, si bien que je mangeais trop de sucreries, surtout du chocolat pour ne pas perdre espoir. Hannah avait effacé tout ça, elle ne ressemblait à rien de ce que j'avais connu, en tout cas, je n'avais encore jamais été attiré de la sorte par une femme ni ainsi vu mes vœux un à un exaucés.

Ma mère était morte et j'avais sans doute besoin d'une fille sexy un peu timbrée qui n'avait pas lu mes livres mais qui me tenait pour son écrivain préféré et se pliait à mes quatre volontés. Hannah remplissait toutes les conditions, et surtout, contrairement à de pauvres cervelles étriquées, elle se fichait pas mal qu'on m'appelle Denis ou Denise, j'étais son Chéri-Chéri. Le seul problème était son père. Elle, je ne voulais pas lui faire de mal.

Pour Paul, je suis censé accompagner Robert dans ses tournées, de sorte qu'il ne doit pas soupçonner ma présence au-dessus de lui, ce qui m'oblige à marcher pieds nus une grande partie de la journée pour ne pas vendre la mèche. Parfois, j'entends Paul crier et comme aucune voiture n'est garée sur le parking visiteurs, j'en déduis qu'il s'en prend à Veronica, et l'on entend un coup contre une porte ou sur un meuble ou d'autres chocs inidentifiables. Lorsque Hannah est là, je vais la chercher pour qu'elle écoute ça, pour qu'elle sache que le torchon brûle entre son père et sa mère et je la vois blêmir, je la force à rester en la retenant par le bras, je m'entête à lui montrer qui est son père, je veux qu'elle entende les cris et les pleurs étouffés, je veux qu'elle cesse de prendre la défense de ce chien enragé, mais elle dégage son bras avec humeur et me considérant d'un de ces airs sombres dont je suis rarement l'objet, elle me lance ne nous mêlons pas de ça, occupons-nous de nos affaires, allume la télé.

Et si je reviens à la charge quelques minutes plus tard à l'autre bout de l'appartement, là où l'on n'entend plus rien en dehors du chant des oiseaux, je la retrouve avec le sourire, elle a repris son air naturel, et très bien, j'ai compris, je vois ce mur entre nous, contre lequel je vais en vain me heurter sans y provoquer la moindre fissure si je m'acharne, si je cherche à la pousser dans ses retranchements.

En fait, ce mur existe depuis le premier jour et rien ni personne ne peut l'abattre. J'ai l'impression que les sentiments d'Hannah à mon égard sont sincères, mais ils n'empêchent rien. J'ai cru, à deux ou trois reprises, au terme d'étreintes à marquer d'une pierre blanche, qu'elle était sur le point de m'ouvrir son esprit après m'avoir ouvert son corps, mais elle s'était mordu les lèvres au dernier moment, son regard s'était voilé et elle n'avait rien lâché — ce qui me confirmait une fois de plus que je n'étais pas entièrement intégré à cette famille, que l'on me tenait toujours à l'écart d'inavouables secrets.

D'où l'idée qu'Hannah ne s'attache pas trop à moi. Me tenir à l'écart avait pour corollaire la possibilité que j'envoie tout promener et que je les laisse à leurs affaires — je me faisais fort d'indiquer à ma femme, au moment de boucler mes valises et d'éponger quelques larmes, qu'à l'heure des comptes, et puisque son soi-disant amour pour moi ne m'ouvrait pas toutes les portes, il ne fallait pas pleurer sur son sort quand on sauvegardait l'essentiel, quand on préservait ce qui importait par-dessus tout, non, il fallait même s'estimer heureux.

Un soir, après qu'une de leurs querelles avait perturbé mon après-midi — j'étais seul, pieds nus, penché sur mon bureau où je tâchais de rédiger un article sur le poids des conventions grammaticales et sur cette vieille et misérable croyance en l'absolue nécessité d'identification au personnage relayée depuis la nuit des temps par ceux qui n'y connaissaient rien mais pensaient s'y connaître —, j'en parle à Robert, je lui fais part de ma surprise en découvrant les scènes de ménage qui se déroulent presque quotidiennement chez mes beaux-parents, mais il se renfrogne à son tour, me conseillant de mettre de la musique et de regarder ailleurs.

Il faudrait que tu en tiennes une sacrée couche, me déclare-t-il, pour mettre ton nez là-dedans. J'ai suivi Veronica pendant des jours, dès qu'elle mettait le pied dehors jusqu'à son retour, et je n'ai rien trouvé. Je lui ai dit Paul, votre femme n'a pas d'amant et je lui ai donné ses emplois du temps heure par heure, minute par minute, mais il s'est mis ce truc dans la tête, qu'est-ce que tu veux, on a tous nos lubies. En tout cas, tiens-toi en dehors de ça. C'est pas le moment de faire des vagues, tu me suis.

Je crois qu'il lui colle de sacrées baffes.

Ne cherche pas à savoir ce qu'il lui fait. Tu t'en fous. Tu n'étais pas censé te trouver là. Tu étais censé être avec moi, bon Dieu.

Robert, ce type est dérangé. C'est un maniaque. Tu le sais. Nous sommes seuls, Robert, ne te fiche pas de moi.

Je n'ai pas entendu ce que tu m'as dit. J'ai rien entendu.

Ah, ah, fais-je.

Puis je regarde sa blessure qui n'est pas très belle et qui le fait souffrir depuis qu'il s'est effondré sur une

table avec un client à la suite d'une explication plutôt rude et qu'il s'est remis à saigner. Je lui demande
si Jacqueline s'occupe de ça régulièrement. Oui, je
prends des antibiotiques, me dit-il, mais ça cicatrise
mal.

Écoute, mets-leur ton revolver sous le nez. Ne les
touche pas. À la rigueur mets-leur un coup de
crosse, mais ne les touche pas. Ne te bagarre pas
avec eux tant que ce n'est pas entièrement cica-
trisé. Sois un peu plus raisonnable.

J'empoche l'argent qu'il a récolté au cours de sa
tournée, je refais son pansement et il part.
Hannah m'appelle pour que je la rejoigne à une
soirée, mais ça ne me dit rien, c'est rare de ne
pas rencontrer un emmerdeur à une soirée, je lui
dis je ne serai pas couché quand tu rentreras. Je
me fais frire des œufs en regardant un épisode où
Bryan Cranston a des cheveux, où sa vie n'a pas
encore basculé, et j'entends soudain des bruits
sourds. Je coupe le son, j'arrête mes œufs.

Il est environ huit heures du soir. De nouveau
des éclats de voix, des cris. Je me couvre et
emporte mes œufs sur la terrasse. La température
s'est radoucie. Mais serait-ce le cœur de l'hiver le
plus cinglant que je préférerais encore être assis
là, pour manger au calme, tandis que le ciel
sombre devient noir et que plus rien ne filtre du
vif échange qui se déroule en dessous, plutôt que
d'avoir à me boucher les oreilles dans la tiédeur
de l'appartement — fût-ce dans mon fauteuil

préféré, une adorable vieillerie dénichée dans une brocante de la place des Fêtes, style club.

Quoi qu'il en soit, ils m'ont coupé l'appétit. Les soupçons de Paul sont insensés. Si Veronica prenait un amant, la moitié de la ville serait au courant dans les heures qui suivent. La piscine en contrebas produit une lumière bleue mais elle n'est pas encore ouverte et dans les allées qui sillonnent le jardin et conduisent aux différentes bâtisses de la copropriété nichées dans la végétation, on croise en cette saison davantage de maîtres-chiens et auxiliaires de sécurité que d'honnêtes promeneurs tentés par la tranquillité et l'air du soir. La lune brille sur le tissu synthétique de mon survêtement et je fais semblant de ne pas penser à Veronica, je m'absorbe dans la contemplation d'un point lumineux qui file vers l'horizon jusqu'au moment où je me lève.

Je retourne à l'intérieur et je peux vérifier que le calme n'est pas revenu sous mes pieds, j'entends des portes que l'on ferme à la volée, des portes contre lesquelles on cogne en grondant tandis que j'enfile un pantalon en cuir d'agneau de chez Louise Paris et glisse un body propre dans mon sac.

En passant devant leur porte, je m'apprête à sonner pour semer un peu de confusion et troubler leur tête-à-tête, mais je me ravise et je sors et je fonce vers le parking tête baissée.

Je rentre tard, très tard de *L'Ulysse,* victime du succès que nous avons rencontré Ramon et moi et que nous avons fêté en compagnie de Christian et des autres après la fermeture. J'ai dû me rallier à l'opinion générale selon laquelle Ramon ne chantait pas si mal que ça et j'étais assez content de lui en dehors du fait qu'il m'avait serré de trop près, le pubis en avant, et en avait profité pour me lécher la joue et promener sa main sur mes fesses pour le plus grand plaisir de l'assistance. Néanmoins, Christian était ravi et il semblait être conscient du travail que j'avais accompli en si peu de temps pour faire qu'un type qui chantait comme une casserole devienne un chanteur potable, sinon pourquoi m'aurait-il placé à sa droite et dorloté jusqu'au point du jour en espérant que je n'allais pas lui demander une augmentation.

L'aube se lève à peine lorsque j'arrive. Hannah est avec moi. Nous avons effectué le trajet à vive allure car elle ne sait pas conduire autrement qu'en quatrième vitesse, pour elle conduire est un jeu, elle prend beaucoup de risques et je reste cramponné à ma ceinture, ricanant à part moi, mais je ferme aussi les yeux et la laisse faire sans récriminer étant moi-même hors d'état de tenir un volant après la soirée que nous avons terminée au saké-rhum-liqueur d'orange-grenadine.

Je suis resté maquillé, habillé en femme jusque-là, et toutes ces heures passées dans un frisson de nylon et de soie, ces regards d'hommes posés sur moi, me draguant sans vergogne, m'ont tout simplement ravi, je me sens légère, en aucune façon *léger* — ce qui est profondément troublant, guère explicable, mais impérieux, puissant, et projette dans une perception différente, un éphémère basculement du genre.

Hannah en rit. Elle ne m'interroge pas. Elle conduit comme une folle car de voir ce vague sourire flotter sur mes lèvres la rend gaie et lui donne envie d'appuyer sur le champignon — j'ai pensé à plusieurs reprises, comme nous doublons sur la droite en empruntant la bande d'arrêt d'urgence ou attaquons un virage en contre-braquant, que si nous étions arrêtés et qu'un flic promenait sa lampe dans l'habitacle, nous filerions tout droit au poste et n'en ressortirions pas de sitôt. Mais nous arrivons sans encombre et elle lève le pied, traverse le parking au ralenti et tandis qu'un vol de corbeaux se hasarde au-dessus de nous dans les premières coulures de l'aube, nous passons devant la carcasse terrible et calcinée de l'Audi A8 de Paul avec des mines horrifiées.

Hannah est la première à proférer un son. Elle remplit ses poumons et pousse un cri aigu avant de porter ses deux mains à sa bouche pour exprimer sa stupeur. De sorte qu'elle lâche le volant et se dirige droit vers des jardinières de béton, ce qui explique mon silence, car j'ai déjà plongé pour saisir le volant et serré le frein à main. Hannah pousse un deuxième cri pendant que j'immobilise le véhicule. Un véritable exploit de ma part dans l'état où je suis et désormais complètement sourd de l'oreille droite pendant un moment après ce deuxième cri plus puissant que le premier, strident.

Nous descendons, je verrouille les portières tandis qu'Hannah exécute quelques pas hésitants en direction du tas de ferraille de son père, les bras serrés contre sa poitrine, il fait beau et frisquet. Elle s'avance en répétant c'est pas vrai mais c'est pas vrai tandis que je réprime un bâillement dans son dos. L'épave ne fume plus mais une odeur de caoutchouc brûlé persiste. Bon sang, dis-je.

J'ai eu soin de prendre aussitôt un air effaré au cas où elle se tournerait vers moi, mais elle reste scotchée sur le triste spectacle de ce qui fut une merveilleuse voiture, avec toutes les options imaginables.

Je profite de cet instant où tout semble figé, silencieux, pour tenter de me déboucher l'oreille en y fourrant un index, mais en vain. Un court-jus, tu crois, dis-je.

Il est à peine six heures du matin, je suis fatigué, à moitié ivre, mais elle veut sonner chez ses parents. Oh baby, regarde-moi, soupiré-je. Ton père ne va pas aimer du tout.

J'écarte les bras pour lui indiquer mes bas, ma minijupe, mes chaussures de femme, mes faux seins, ma perruque, mon maquillage qui a sans doute coulé durant notre petite fête. Je crois que j'ai envie de vomir, tout à coup, car elle enfonce malgré tout la sonnette. En soupirant, j'ôte au moins ma perruque. J'ai chaud.

Paul est en pyjama, il a sa tête des mauvais jours et s'écarte de mauvaise grâce après avoir posé les yeux sur moi. On vient de voir ça, dis-je. Mais Paul, qu'est-ce que.

Je ne finis pas ma phrase car il m'abandonne sur le seuil sans répondre. Je les rejoins dans le salon, mes talons hauts à la main, ma perruque sous le bras. Je n'aimerais pas être à la place de ceux qui m'ont fait ça, déclare-t-il. Je propose de servir des cafés mais ils ne me prêtent attention ni l'un ni l'autre. De même que Veronica, qui est présente mais n'a pas levé les yeux sur moi depuis que je suis arrivé.

C'est devenu un sport, dis-je. Un sport et un passe-temps. Les gens s'amusent à brûler des voitures.

Je vais leur en ôter l'envie, lâche-t-il d'une voix sourde après quelques secondes d'un silence pesant, sans même prendre la peine de me considérer.

L'aube s'éclaircit bien que le ciel se voile de nuages. Paul tape du poing sur la table basse. Hannah lui prend les mains et dit père, s'énerver ne sert à rien. Il secoue la tête comme une mule qui a rencontré un mur et s'en est presque assommée.

Cependant que désabusé, je passe derrière le comptoir et verse du café en grains d'un côté et remplis une tasse de l'autre, un pur miracle, Paul et sa fille n'ont toujours pas changé de sujet — Hannah tâchant de mettre de la pommade sur les blessures de son père et lui se tordant les mains, souffrant mille morts de ne pouvoir sur l'heure assouvir sa vengeance, bouillant intérieurement, serrant les dents, écumant.

Je sursaute en découvrant Veronica, à quelques pas de moi, hors de vue des deux autres, masquée par une série de placards laqués contre lesquels elle s'appuie et m'observe. Très peu d'hommes ont fait l'expérience du regard d'une femme sur une autre femme et je sais qu'à cet instant, c'est Denise qu'elle voit, c'est Denise qui la trouble. Elle m'examine d'un œil perçant.

Je lui souris car je suis soulagé de ne pas distinguer de marques sur son visage — encore que le ciel se soit davantage plombé et que personne n'ait encore eu l'idée d'allumer quelque chose.

Je lui demande si ça va. Il lui faut un instant pour reprendre ses esprits et me gratifier d'un léger haussement d'épaules. Puis sans un mot, elle vient se poster à mes côtés et se mêle de m'aider à servir en disposant sucre et petites cuillères dans des soucoupes. Je sens sa hanche contre la mienne, deux ou trois fois nos doigts s'effleurent durant notre besogne.

Je la regarde, puis je regarde ce type qui devient marteau lui aussi, qui serait prêt à égorger la moitié de la ville pour apaiser sa colère, et cette fille à moitié cinglée qui est ma femme, sa mère qui perd les pédales, et moi en minijupe avec mes faux seins.

Je demande qui veut du sucre et sans plus attendre, je me sors des mâchoires du piège. J'attrape deux tasses et réunissant toutes mes forces pour marcher droit, je les apporte aux deux autres. Le ciel est tombé très bas, il fait presque noir. Je dépose les tasses, j'allume une lampe et les premières gouttes commencent à tomber.

Dites donc, moi je ne tiens plus debout, déclaré-je sans déclencher la moindre attention chez les deux autres. Je poursuis non, mais vous avez vu ce déluge. Dommage qu'il n'ait pas éclaté dans la soirée. Votre A8 serait toujours là.

À ces mots, il se lève et il me hurle dessus. Je reçois ses postillons dans la figure. Il est rouge comme une écrevisse, de grosses veines gonflent à son cou et donc il me hurle c'est quoi, c'est le carnaval, aujourd'hui. Hein. Qu'est-ce que tu fous chez moi, dans cette tenue, est-ce que tu te fous de ma gueule.

Père, s'indigne Hannah.

Le père en question est comme un chien enragé qui s'étrangle au bout de sa laisse. Tu me dégoûtes, aboie-t-il. Ça me dégoûte de voir un homme déguisé en gonzesse.

Vous avez raison, lui dis-je. Moi aussi. Je les brûlerais tous un par un si ça ne tenait qu'à moi. Maintenant dites-moi, vous avez fumé ou quoi. C'est cette histoire de voiture qui vous met dans cet état. Un peu de civilité, ça vous arrive, ici ou là, ça vous arrive de pas être désagréable. Alors que j'allais vous proposer de vous déposer en ville demain, à l'heure que vous auriez souhaité. Et en pantalon puisque ça vous défrise à ce point, puisque vous prenez tout au premier degré.

Je veux pas de ça ici, lâche-t-il entre ses dents. Je veux plus jamais voir ça. Tu iras faire le clown ailleurs.

C'est un orage de grêle. Je ne comprends pas qu'une météorite ne vienne pas s'écraser sur sa tête de chien galeux.

Je ne réponds rien. Les deux femmes restent muettes. Je fixe Paul un instant. J'attends. Mais comme il a visiblement abandonné l'idée de m'attraper par le col pour me flanquer dehors, j'enfile mes talons aiguilles sans me presser, puis après un dernier regard sur l'assistance, je me dirige vers la sortie en roulant crânement des hanches. Et je claque la porte dans mon dos sans qu'un seul mot ne m'ait été lancé.

Joël a envoyé quelques épreuves non corrigées de mon livre et il organise un premier coup de sonde autour d'un verre dans les bureaux de la maison d'édition. Je n'aime pas ça, et peut-être que personne n'aime ça, mais ils ont leurs habitudes dans ce milieu et s'y plier, de l'avis de Joël, se soumettre à leurs coutumes, est la solution la plus simple. C'est ton enfant, me dit-il, donnons-lui le maximum de chances à la naissance, Denis.

Nous ferons la révolution une autre fois. Maintenant, viens, allons les rejoindre.

Je m'essuie la bouche après avoir vomi. J'ai
l'habitude, et Joël aussi. Cela se produit à chaque
sortie d'un de mes livres. J'ai beau m'y préparer,
ne rien manger depuis la veille, c'est comme une
malédiction, aucune médecine ne peut me soigner. J'ai la réputation d'avoir la dent dure, d'être
sans pitié comme critique, mais quand c'est mon
tour, quand c'est à moi d'entrer dans l'arène
— après ces longs mois de ténèbres, d'absolue
solitude, à l'instant où le rideau va s'ouvrir et me
projeter en pleine lumière —, je me transforme
en loque humaine, une vraie chiffe molle, je
m'enferme dans les toilettes et je vomis. Joël me
tend un kit pour me laver les dents.

On me trouve la plupart du temps près du bar
en ce genre d'occasion, le seul endroit à peu près
vivable — j'ai toujours un mot gentil pour les
serveurs, un sourire compatissant pour les ser-
veuses, je me mets toujours bien avec eux, j'ai
rarement de problème pour être resservi en prio-
rité —, le seul endroit où les gens normaux
peuvent trouver refuge après qu'on les a saoulés
au passage, retenus par le bras.

J'y croise un Irlandais, au bout d'un moment, un
superbe écrivain, l'un des meilleurs aujourd'hui,
et il me dit que mon roman l'a rendu jaloux. Je
me retourne pour essuyer une larme. Il n'y a pas
de plus beau compliment qu'un écrivain puisse
recevoir. Je lui demande s'il consent à me donner

son adresse pour que je lui envoie des fleurs et une boîte de chocolats. Non, mais je suis sérieux, lui dis-je.

Tout pourrait s'arrêter là, sur ce qu'il vient de me confier, ce serait suffisant pour moi. J'ai si peur qu'il ne se reprenne que je préfère le quitter après avoir tapé ses coordonnées et lui avoir longuement serré la main, l'œil humide. Je me sens beaucoup mieux, dès lors, je ne saisis plus un seul mot des conversations auxquelles je me mêle en souriant, l'esprit ailleurs, pas plus que je ne refuse d'être pris en photo avec Joël et l'éditeur japonais de Michel Houellebecq.

On me touche le bras. Ça vous dirait de passer une semaine enfermé dans une chambre d'hôtel avec lui.

Pardon, avec qui.

Avec Michel Houellebecq. Et Maurice Dantec aussi. Tous les trois. Enfermés pendant une semaine dans la même chambre. Sans communication avec l'extérieur. Avec tout ce que vous voulez. Des filles, de la drogue, des films, n'importe quoi. Nous on tourne, on enregistre, trois caméras fixes, non-stop. Je suis producteur. Ça vous dit.

De quoi.

De tenter l'expérience. De tenter la putain d'expérience, pardi. Vous pourriez vous déguiser en femme, ce serait géant.

Ça veut dire quoi, se déguiser en femme. Je ne

me déguise pas en femme. Je suis une femme la moitié du temps.

Comme beaucoup d'autres avant lui, il a ce sourire niais, favori des imbéciles. Très tôt, voyant la tournure que prenaient les choses, ma mère m'avait mis en garde. Méfiance et Incompréhension seront tes mauvaises fées, m'avait-elle prévenu, d'éternels ennemis à combattre. La chère femme avait raison. Sa liste était juste incomplète. Elle s'était allongée avec le temps.

Ce type était prêt à me faire tourner dans un porno, rapporté-je à Joël. Ce connard. Mais ça signifie tout de même une chose. Soyons clairs. La rumeur se répand.

Il ferme les bureaux derrière nous, sur des piles de livres que l'obscurité a englouties.

N'exagère pas, me dit-il. Je n'ai rien entendu. Il y a encore un certain respect de la vie privée, dans ce pays. Nous ne sommes pas chez les Anglo-Saxons.

Le soir tombe, fraîchissant l'air.

Et puis tu es de taille à supporter ça, poursuit-il tandis que nous descendons vers le fleuve. Je suis confiant.

Mais Joël, la malignité de ces gens. Leur mépris de l'altérité. Leur goût pour les mauvais livres. Tu le sais. Danser dans un cabaret n'est pas honteux, que je sache.

Rassure-toi. Il y a bien pire. C'est juste un peu scabreux, non.

Sur ces mots, il éclate de son fameux rire, en sorte

que je me sens beaucoup mieux tout à coup, je repense à l'écrivain irlandais, je regrette de ne pas l'avoir enregistré pour mes vieux jours.

Lorsque j'arrive à *L'Ulysse*, je trouve Robert dans la loge, le teint gris, l'air soucieux. Tes copains sont là, me dit-il, Jacqueline m'a mis au courant.

Je déboutonnais mon manteau. Je m'arrête. Puis je reprends et le suspends, le dos tourné à Robert.

Oui, et alors, dis-je.

Pourquoi tu m'en as pas parlé.

Écoute, Robert, je ne peux pas régler toutes mes affaires de cette manière. Je ne suis pas ton patron, je ne m'appelle pas Paul.

Je sais. Mais je vais rester dans la salle et je vais voir ce qui se passe. Je veux que tu finisses ton livre, tu comprends.

Tout va bien. J'ai déjà noirci quelques pages. Il ne va rien m'arriver. J'ai arnaqué ces types et ils me l'ont fait payer, *end of the story*.

Redis-moi ça. Denis, merde, je ne cherche pas à savoir si j'ai raison ou tort quand je me fais casser la gueule. Je ne pense qu'à une chose, à me venger. Pardon, mais ces types t'ont balancé d'un train.

À l'arrêt.

Je connais, j'y suis allé. Tu cherchais les ennuis, c'est ça.

Je cherchais surtout à payer mon loyer. Une bricole. Paul aurait fait appel à toi et je ne m'en serais pas mieux tiré, j'imagine.

C'est vrai. Attends, j'ai compris une chose. Les gens ont besoin de leçons. Certains plus que d'autres. Je veux dire, de n'importe quel genre de leçon. Un truc adapté.

Je ne vais pas pouvoir faire de toi un ange, lui dis-je en ajustant mes faux cils. Avec la meilleure volonté du monde. Mais tu seras un personnage intéressant, je te le promets.

Je lui jette quelques coups d'œil à la dérobée pendant que je me poudre et je lui demande s'il se sent bien.

J'ai la crève, déclare-t-il en se levant. On se voit tout à l'heure, vieux.

Je me saisis d'un spray assainissant et j'en asperge la pièce après qu'il est sorti avec une quinte de toux. C'est la première fois qu'il m'appelle vieux et je ne suis pas sûr que ça me plaise, que son côté affectueux me plaise. Robert n'est pas exactement mon ami, même si j'apprécie ce qu'il fait pour moi et ne fuis pas sa compagnie dans les limites du raisonnable, mais ce n'est pas mon ami. Je n'y peux rien s'il pense le contraire, s'il n'en est qu'au niveau bon camarade pour ce qui me concerne.

Il est bizarre, mais je l'aime bien, me déclare Jacqueline qui s'est installée près de moi et me parle en mangeant une salade de carottes râpées et concombres. Il n'est pas encore très détendu, au lit. Mais ça vient. Ça lui fait encore assez peur. Dans la rue, il marche derrière moi.

Remarque, je m'en fiche. Je ne le vois pas tous les jours.

Il a fait un sacré bout de chemin, Jacqueline. Portons-le à son crédit, ça n'a pas dû être facile pour lui. Cette sombre brute. Il m'a sidéré.

Ce genre de types, déclare-t-elle, il faut savoir les prendre. Mais ça vaut le coup de se donner du mal. Tu serais surpris. Il t'aime bien, tu sais. Il est venu aussitôt.

Eh bien, arrange-toi maintenant pour qu'il reste tranquille. Qu'il n'aille pas les chercher.

Ils sont trois. Les mêmes. Ils ont des allures de jeunes cadres, assez allumés, fêtards. Je les avais jugés trop vite, j'avais cru avoir affaire à de simples pigeons, mais je n'étais pas parvenu à les plumer, ils s'étaient montrés plus malins que je ne le pensais, plus sévères aussi. Je les observe un instant du bureau de Christian, sur le moniteur, l'image n'est pas excellente mais on les voit, ils sont au bar, ils ont l'air calme, ils n'ont rien de menaçant, Christian hausse les épaules, il dit je ne sais pas, je ne me sens pas très inquiet, mais tu as bien fait de me prévenir, on va garder un œil sur eux. Je les vire au moindre geste.

Je vais finir de me préparer. Leur présence me rend un peu nerveux, mais moins que la dernière fois. Le souvenir de la violence de leurs coups s'estompe, semble-t-il, la douleur devient abstraite. Ils m'ont pourtant roué de coups avant de me jeter par-dessus bord, j'ai violemment mordu la poussière, mon corps devrait s'en souvenir mais non, il ne reste aucune zone sensible, rien de concret — je n'entends pratiquement plus rien de l'oreille droite, mais c'est une autre histoire, je me demande si Hannah ne m'a pas perforé le tympan.

Ramon vient voir si je suis prêt. Depuis que nous nous produisons ensemble, il est aux petits soins avec moi. Je m'arrange pour le tenir à distance, mais il trouve toujours le moyen de me toucher, de respirer mes cheveux — j'entends les miens, pas la perruque —, de m'effleurer de ses lèvres, et au bout d'un moment, ça m'agace, je lui dis Ramon, je n'ai aucune envie de coucher avec un homme, je te le répète, alors ne perds pas ton temps, arrête. Je préfère les femmes.

Eh bien comme tu veux, me rétorque-t-il. Personnellement, ça ne me gêne pas du tout.

Ne dis pas de bêtises, Ramon. Aide-moi plutôt à remonter ma fermeture éclair.

Tu sais, je suis complètement zinzin de tes culottes. C'est de la soie, c'est quoi.

Tu crois que c'est du satin, peut-être. Je comprends les femmes. C'est à se damner, Seigneur. Du matin où je la mets jusqu'au soir où je l'enlève, c'est une caresse permanente, Ramon. Crois-moi. Mais ça coûte une fortune, c'est ça le hic. Et un petit haut, oublie.

Nous restons un moment dans la loge à discuter de choses et d'autres, la conversation ne vole pas très haut. Comme il porte un body — une des pièces maîtresses de notre numéro qui lui vaut moult sifflets et applaudissements —, je ne peux m'empêcher de glisser un œil sur ses longues jambes rasées, son ventre plat, ses bras musclés, ses épaules.

Donne-moi tes pieds, me dit-il. Pose-les sur mes genoux. Je vais les masser. Ça va te détendre.

Non, pas ce soir. N'insiste pas.

Je te fais peur.

Peur. Pourquoi me ferais-tu peur, abruti.

Je le regarde. Il est si beau qu'on ne peut lui demander d'éblouir le monde par sa finesse. Ce serait trop. On se suiciderait sur son passage. Dieu merci, il sort. Je reste seul un moment, immobile et silencieux, me fixant dans le miroir de la coiffeuse — mon portrait est auréolé d'un collier d'ampoules blanches, façon médaillon —, ne me lâchant pas des yeux, fixant ce qu'il y a de l'autre côté. Pensant à ma mère. Maman. Avec un vague soupir, je vaporise de nouveau les loges d'une brume purificatrice.

Christian vient me voir, dès que je sors de scène. Qu'est-ce qui te prend, me demande-t-il.

Rien, fais-je d'un ton excédé.

On aurait dit une biche effarouchée.

N'exagère pas.

C'est Ramon. C'est ça.

Non, c'est moi. J'avais la tête ailleurs.

Tu as peur qu'il te mange.

Je suis le maître de mon destin, je suis le capitaine de mon âme. William Henley. Est-ce que ça répond à ta question.

Non. Est-ce que les écrivains sont toujours aussi casse-couilles. C'est ça la question.

Je lui souris et lui demande où sont passés mes trois gars et il me répond que j'ai été si mauvais qu'ils sont partis avant la fin.

Je n'ai pas été mauvais, Christian. Excuse-moi. Juste un peu distante, un peu froide. Peut-être. Mais j'ai assuré. Il y a une partie vocale dans l'histoire. Enfin il me semble. Ne me dis pas que j'ai été mauvais.

Denis, soupire-t-il, et si tu virais ta cuti une bonne fois pour toutes. Ça simplifierait les choses, non.

Il est tard. J'ai eu une longue journée et suis rebuté par avance à l'idée d'entamer une discussion sur cet exaspérant sujet.

Ramon fume une cigarette dans le couloir. Il me cligne de l'œil quand je passe devant lui. Je hausse les épaules. Il rit. Dans la loge, Milena est en larmes. Je l'étreins une seconde, sans un mot, puis je me démaquille. Mes bras sont encore tout poisseux des baisers de Ramon, sa sueur a traversé le tissu de ma robe. J'étais censée faire quoi. Défaillir sur scène et m'abandonner dans ses bras et rouler enlacés sur le sol.

L'entrée des artistes donne dans une ruelle sombre. Il y a des rats. Les poubelles d'un restaurant thaïlandais et plus loin celles d'une pizzeria sont alignées sur le trottoir, à la sortie des cuisines. Elles ne sont pas ramassées régulièrement et s'entassent. Il y a des rats. Il n'est pas inhabituel d'entendre une boîte de conserve dégringoler ou une sorte de grabuge du côté des ordures — on n'y prête plus attention. Ils sont gros comme des chats, souvent mal lunés. Le printemps approche mais les nuits sont encore froides. Effilées, vivifiantes. J'en profite un instant, les yeux mi-clos, immobile sur le seuil, avant de partir — en dehors des rats, la nuit est calme et silencieuse, la rumeur lointaine, et s'ils pouvaient cesser leurs luttes acharnées une seconde, ce serait un instant de pure tranquillité.

Quand je relève la tête, Robert semble épuisé, mais il est le seul qui tienne encore debout, vacillant au milieu de la chaussée puante. Les trois autres gémissent parmi les poubelles.

Ça va, déclare-t-il. Je crois qu'ils ont compris.

Il se tient le côté, grimace dans la pénombre d'un méchant sourire tandis que le plus vaillant des trois, le nez éclaté, peine tout juste à se mettre à quatre pattes en vagissant — les autres sont recroquevillés sur leurs testicules.

Je vous dis pas à la prochaine fois, les gars, leur lance-t-il. Y aura pas de prochaine fois.

J'arrive sur lui à cet instant et sans un mot l'embarque en le serrant contre mon épaule. Les Thaïlandais sont sortis de leur cuisine et nous regardent passer en riant.

Je n'ouvre pas la bouche durant le trajet pour le ramener chez lui. Je ne sais pas quoi dire. Il a pris quelques bons coups, son visage est rouge et luisant mais il sourit dans le vague, la nuque renversée sur l'appuie-tête, l'air satisfait. Son ancienne blessure saigne. Lui dire quoi.

Ce type te donne ce qu'il peut, conclut Jacqueline après que nous avons soigné Robert et l'avons assommé de somnifères et de vodka trouvée dans la partie congelo. Denis, il te donne ce qu'il a, poursuit-elle. J'ai connu un Hell's Angel autrefois, c'était la même chose. Pour me plaire, il déclenchait régulièrement une bagarre et revenait vers moi au bout d'un moment, ravi lorsque son visage était en sang ou qu'il traînait la jambe. Ça me rappelle aussi un chat qui me ramenait des oiseaux morts. Il faut s'y faire, il faut l'accepter.

Nous rangeons la vaisselle et remplissons un sac de compresses usagées. Sa blessure à l'abdomen s'est rouverte et elle n'est pas belle. Mais demain, Robert ne voudra même pas en parler, il balaiera le moindre conseil d'un geste, il dira qu'il en a vu d'autres et que nous devons nous occuper de nos fesses. Nous soupirons car nous savons tout ça, Jacqueline et moi.

Paul est bronzé. Je crois qu'il a recours aux lampes. Il se prépare pour les beaux jours qu'il va passer au bord de la piscine ou sur le terrain de golf, sans cesser de régler ses multiples affaires, sous un parasol blanc, un cocktail vitaminé à la main.

Ce matin, en prenant de l'essence, je suis tombé sur lui. J'allais démarrer quand je me suis souvenu que je devais remplir un bidon que j'avais dans le coffre, et je suis sorti. Et il m'a vu. Et il m'a dit allons prendre un verre. J'ai refermé le coffre.

Je n'ai pas eu le temps de te parler depuis quelques jours. Est-ce que ça va, Denis.

Oui, je vais bien, Paul. Merci.

Je ne parle pas de toi. Je veux dire, Robert et toi, est-ce que vous rencontrez des problèmes.

Non, ma foi non, je dirais même au contraire. On forme une bonne équipe. On s'entend bien.

Y a rien, Denis. Tu ne me caches rien, n'est-ce pas. Vraiment rien, tu es sûr.

Rien de rien, Paul, fais-je en jetant un coup d'œil sur le practice. Pourquoi vous mentirais-je.

Hein. Je ne sais pas. Au fond, je te connais mal.

Je suis pour la paix dans cette famille, Paul. J'espère qu'un jour vous l'aurez compris.

Il me considère une bonne poignée de secondes en hochant la tête.

Enfin, reprend-il en se penchant vers moi, je voulais surtout te parler de Robert. Qu'est-ce qu'il a.

Qu'est-ce qu'il a.

Oui, qu'est-ce qu'il a, putain.

Ça va, il se soigne. Problème de gastro. Mais c'est un roc. Il prend sur lui. Et sans entrer dans les détails, je crois que sa vie sexuelle n'est pas de tout repos. Ça le fatigue.

Je n'aimerais pas que ce con me flanque un microbe.

Paul, je passe mon temps avec lui. Je ne suis pas fou. Je ne mets pas un masque. Si vous pensez qu'il a perdu ses capacités, qu'un mal mystérieux l'accable, ah ah, venez donc faire une tournée avec nous, venez donc admirer Robert dans ses œuvres.

Il me fixe encore un instant, puis se redresse.

Est-ce que tu veux qu'on parle de l'autre soir, me demande-t-il.

Non, le message était clair.

Alors c'est parfait. C'est mieux, non.

Deux jours plus tard, je suis à la maison, seul, au milieu de l'après-midi, critiquant un mauvais livre écrit par un bon écrivain, ce qui rend mélancolique, d'humeur cafardeuse, et je me lance dans une conversation animée avec Joël que j'ai au bout du fil en arpentant la pièce de long en large et c'est une malédiction car pour une fois je ne suis pas pieds nus ou en chaussons, j'essayais une nouvelle paire de bottines à talons que je voulais détendre. Je déclare à Joël écoute-moi, je préfère me trancher la gorge plutôt que de défendre ce bouquin, oui j'entends ce que tu me dis, je sais, mais ça je ne pourrai pas. Je sais. Je m'en moque. Justement, j'ai du respect pour lui. Écoute-moi. Je ne plaisante pas avec ça. C'est non. Oui. Je sais. J'entends bien.

En fait, je n'entends pas bien du tout. Mon oreille droite, que j'emplis de gouttes chaque matin, ne fonctionne toujours pas. Si bien que l'on frappe à présent de grands coups à ma porte. Je quitte Joël avec la promesse que nous allons reparler de tout ça et j'ouvre sans prendre conscience une seconde que je suis en combinaison, en bas couleur chair et chaussé d'une paire de bottines cloutées rouge vif. M'avisant, Paul reste une seconde interdit, le poing encore levé pour tambouriner à l'envi. Une onde brûlante semble le traverser un instant mais il se contient plus ou moins.

Nom de Dieu, Denis, c'est toi qui fais tout ce barouf. Tu es dingue ou quoi.

Je ne réponds pas. Je suis un lapin pris dans les phares d'une voiture, emporté par une avalanche.

Tu n'es pas avec Robert, poursuit-il aussitôt d'un ton mauvais, tu n'es pas censé être avec lui, des fois.

Tout ça devait arriver, bien entendu. Sans doute suis-je le seul fautif, mais qui pouvait croire qu'une telle situation allait durer sans que Paul finisse par découvrir le pot aux roses.

Je devrais être avec lui, en effet, soupiré-je abandonnant toute illusion. Mais j'avais rendez-vous avec l'otorhino. Figurez-vous qu'Hannah m'a bousillé l'oreille. J'ai des vertiges.

Il ricane, il me dit et c'est pour te soigner que tu cours de long en large au-dessus de ma tête. C'est bon pour l'équilibre, c'est ça, ponctue-t-il d'un rictus.

Paul est d'une humeur de chien, en ce moment. Ses démêlés avec Veronica, sans doute. Je me

tourne vers le portemanteau et décroche un sweat
que j'enfile et me zippe jusqu'en haut du cou.
Attendez, je n'ai rien fait de si terrible, dis-je sans
le regarder. Je m'excuse pour le bruit. Je vais
marcher sur les mains à partir de maintenant.

Tu sais le problème que tu as, me déclare-t-il,
ce problème qui finira par te jouer des tours.
Les gens ont l'impression que tu te fous de leur
gueule. Tu vois ce que je veux dire. Que tu les
méprises.

Si vous restez, Paul, je vais mettre un pantalon.

J'attrape un jogging et rentre ma combinaison
à l'intérieur tandis qu'il m'annonce que John
Daly s'est encore vautré aujourd'hui au Valspar
Championship. Il a fichu trois balles dans l'eau.
Il soufflait un vent glacial en Floride.

Il se campe devant la baie où descend un ciel
sombre. Ce n'est pas à Robert qu'il faut demander la permission, reprend-il d'un ton égal. C'est
à moi qu'il faut demander, est-ce que tu comprends.

Très bien. Je ne pensais pas que c'était si important.

C'est moi qui décide ce qui est important, c'est
moi qui donne les ordres. C'est tout ce que tu
dois savoir. Je vais te dire quelque chose. Tu n'es
pas celui dont j'ai rêvé. Jamais de la vie. Un bras
droit, voilà ce que j'attendais. Un type solide,
en qui j'aurais pu avoir une absolue confiance,
mais il a fallu que ce soit toi. Le summum. Je me

retrouve avec un gendre qui passe la moitié de ses nuits à s'habiller en femme et qui n'est même pas foutu de payer son loyer. Est-ce que tu te rends compte. Tu te rends compte de l'image que ça donne. Et qui finit par retomber sur moi. D'une manière ou d'une autre. Hein, de quoi j'ai l'air. Pourquoi avoir choisi d'être ce putain de con, dis-moi. Ça t'amuse. C'est pour me remercier de t'avoir donné une famille.

Je ricane à mon tour. Le soir tombe.

Quarante-huit heures plus tard, Veronica m'apprend, après avoir séché ses larmes, que Paul fait une cure de jus de carottes.

Je m'en doutais, réponds-je. Dans un mois ou deux, il sera orange vif. Il devient fou, non.

Je réprime un bâillement tandis que je tiens Veronica contre mon épaule pour la soutenir dans son épreuve. Il est deux heures du matin, je suis en pyjama dans son salon. Hannah m'a réveillé en sursaut car elle entendait des cris. Et alors, lui ai-je dit, je croyais que tu ne voulais rien entendre. Rendors-toi. Tout va bien.

Pour finir je me suis levé. Je lui ai demandé de m'accompagner, mais elle n'a rien voulu savoir. Ne rien entendre et ne rien voir, ai-je soupiré, c'est la bonne méthode.

Elle m'a embrassé les mains, m'a conjuré de ne pas faire d'histoires avec son père et je suis descendu en me tenant à la rampe, encore ensommeillé. Paul s'est fait livrer une Lexus. Je l'entends démarrer en trombe, dans un vrombissement. Jouer aux cartes, vider quelques verres, monter avec une fille, puis faire deux ou trois fois le tour du périphérique pour le plaisir de la conduite, qui dira que ces types ne sont pas proches de l'état sauvage.

Je n'ai pas compté, mais j'ai bien dû descendre une demi-douzaine de fois après la bataille. Je sais où se trouvent les compresses, le Stilnox, le Martini blanc. Ce soir, j'ai recours à une pommade pour son genou qui est en train de doubler de volume — si j'ai bien compris, Paul l'a projetée contre la table basse en chêne massif.

Comme nous nous dirigeons — elle claudique en se tenant collée à moi — vers la salle de bains, je fais une halte à la cuisine pour me servir un café, un double, épais et noir comme de la poix, car on m'a arraché à un sommeil profond, lointain, et je peine à m'investir totalement dans la situation présente. Je ne suis pas là à cent pour cent. C'est à peine si je réagis quand je sens ses lèvres dans mon cou.

Quand je glisse un doigt dans sa culotte, ce n'est toujours pas moi à cent pour cent. C'est son maudit genou qui nous a conduits là et peut-être aussi cette pommade à base de camphre, à l'odeur entêtante, et aussi la manière dont elle s'est assise sur le rebord de la baignoire après avoir baissé la lumière sous prétexte qu'elle ne devait pas être belle à voir, et cette peau très blanche qu'elle a, et aussi ce violent silence qui tombe quand l'incontrôlable mécanique se met en marche.

Aujourd'hui encore, bien des années plus tard, je me demande si je suis coupable. J'ai eu parfaitement conscience, à un moment donné, que sa fille était juste au-dessus de nous tandis que sa mère écartait les jambes et tendait son bassin vers moi, mouillait abondamment, et que sa fille était ma femme pour ne rien arranger, m'attendant, anxieuse, assise dans son lit où je m'endors quelquefois, assise en tailleur et se tordant les mains, l'oreille aux aguets, tâchant de capter le moindre bruit susceptible de lui fournir une quelconque information sur ce qui se trame en bas. Je me demande si un enfer particulier m'attend. Aujourd'hui encore, lorsque je les vois assises à table, l'une près de l'autre, le couteau remue sèchement dans la plaie.

Je passe vite sur les détails de notre emballement sexuel qui s'est déroulé en premier lieu sur le tapis de la salle de bains, lequel s'est révélé suffisamment large et composé d'une matière caoutchouteuse dont je me suis réjoui quand nous avons roulé de droite à gauche comme des chiens enragés — elle m'a confié qu'elle n'avait pas eu de rapports sexuels depuis des mois, ce qui m'a motivé. J'aimais bien Veronica. Je voyais bien qu'elle n'était pas heureuse, qu'elle se renfermait, s'assombrissait, mais quelle femme aurait pu connaître une vie radieuse en vivant avec Paul. Je ne voulais pas la plaindre, non, ce n'était pas une sainte, néanmoins les raclées que Paul lui administrait me restaient en travers de la gorge.

Un peu plus tard, tandis que l'heure tournait, que l'angoisse d'être surpris nous tenaillait et envoyait son sel sur l'exercice, j'enfilai sa culotte et la renversai sur son lit en empoignant le vibro qu'elle avait promptement fait jaillir d'un tiroir.

Après quoi, se lamenter ne servait plus à rien. J'appréciai alors le silence de Veronica qui s'était contentée de s'effondrer contre moi sans un mot et m'étreignait sans bouger depuis de longues minutes, la joue collée à ma poitrine. Je sentais son souffle contre mon téton gauche, le regard fixé au plafond où Hannah m'attendait, s'inquiétait sans doute, mais n'avais-je pas plus ou moins rempli ma mission, ne m'avait-elle pas envoyé au front en espérant quelque retour au calme, l'ardeur de ses supplications disait-elle autre chose sinon qu'elle l'espérait *à tout prix*. Je ne voulais certes pas me donner d'excuses ni minimiser mon implication dans cette affaire, mais je voulais juste faire valoir que je n'étais pas là de ma propre initiative. Une femme battue dans les bras.

Je tendis une main vers mon bas de pyjama que j'avais abandonné sur la descente de lit. Veronica m'étreignit un peu plus fort et me fit comprendre qu'elle était de nouveau prête, enserrant mon sexe entre ses cuisses, mais elle n'avait pas compté avec le sérieux handicap que représentaient de tièdes mâchoires humides pour coincer une anguille habile, en sorte que j'échappai, malgré l'essaim de phéromones qu'elle vaporisait dans la chambre, au regain de lubricité qui la traversait tout à coup. Il était presque trois heures du matin. Dehors, la nuit demeurait claire.

Je suppose qu'il faut continuer de ne rien dire, ai-je déclaré en reboutonnant mon haut.

Je n'attendais pas de réponse, bien sûr.

Au matin, ouvrant un œil, je priai un instant pour que cette nuit ne fût qu'un rêve, je rejetai ensuite vivement mes draps et me postai devant le miroir de la salle de bains. Je m'examinai longuement, réprimant une faible grimace, puis, vaincu, je baissai la tête.

Joël m'avait organisé quelques rendez-vous pour la sortie du livre et je passais la journée loin de chez moi, pas assez loin à mon goût, mais suffisamment loin de chaque membre de cette famille que je ne voulais surtout pas croiser. Je me demandais ce qui arriverait quand j'allais rentrer, dans quelle situation j'allais me trouver plongé, qui aurait parlé à qui, ou non, serait-ce le calme ou le chaos total. Joël trouvait que je ne me donnais pas à fond, que mes réponses étaient vagues, que j'étais ailleurs quand on m'interrogeait sur cette nouvelle manie de supprimer la majeure partie de la ponctuation ou sur mon obsession pour les dialogues ou cet étrange mélange des temps.

Je n'avais pas l'esprit à ça. Et pourtant Dieu sait que ces choses comptaient dans ma vie, Dieu est témoin de mon abnégation, de l'adversité que j'endure alors que je fais œuvre de salut public, mais là, je n'ai pas très envie d'en parler, j'ai d'autres préoccupations.

Joël nous a installés au milieu des livres. Il me conseille d'éteindre mon téléphone et de le garder dans ma poche pour me concentrer sur mon interlocuteur, mais c'est impossible. Je le garde en main et foire mes entretiens l'un après l'autre.

Tu es ton pire ennemi, soupire Joël.

Je suis assis sur un volcan, lui dis-je.

L'un d'eux m'a demandé si tu étais malade.

Je ne sais même pas de quoi ils me parlent. Je ne sais même pas de qui ils parlent, Joël.

Jusqu'au soir, je suis à cran. Mais pour finir, je ne reçois aucun coup de fil, aucun message m'annonçant qu'un psychodrame se jouait non loin de là, que tout partait en vrille comme je le craignais.

Le bloc se fissurait. Ce qui me semblait inimaginable hier encore se réalisait sous mes yeux à présent. Les murs de leur citadelle se lézardaient, ils n'étaient plus les trois seuls doigts de la même main — dont je m'étais toujours senti exclu —, le vent avait tourné, le ressentiment s'installait entre eux, attisé par mes soins quand j'en avais l'occasion — baiser Veronica participait d'un long travail de sape que j'avais entrepris presque inconsciemment et qui en constituait à ce jour le point d'orgue. C'était une sensation bizarre de craindre l'orage et de le souhaiter en même temps. J'en suis là de mes réflexions, me préparant la mort dans l'âme pour ma dernière interview — le type nous a appelés, en riant comme s'il s'agissait d'une bonne blague, pour nous annoncer qu'il était coincé dans les embouteillages —, quand Paul fait son entrée.

Je m'assure que je ne rêve pas, je reste cloué sur mon siège avec mes notes, mon stylo, ma bouteille d'eau plate et quelques exemplaires de mon livre pour ceux qui n'ont pas eu le temps de le lire avant notre rencontre.

Paul me sourit malicieusement et m'adresse un signe amical avant de se tourner en hochant la tête avec une moue admirative en direction des livres qui couvrent les murs, s'étalent sur les tables, s'empilent dans les rayons. Les deux types qui l'accompagnent ne semblent pas intéressés par l'acquisition de mon roman ou de celui d'un autre et se postent à l'entrée tandis que Paul poursuit sa visite en se dirigeant vers moi, saisissant un volume au passage, l'examinant sans cesser d'opiner du chef, le soupesant avec intérêt, flânant. Je ne bouge pas. J'ai mis une cravate.

Lorsqu'il arrive devant moi et daigne enfin me considérer avec un large sourire, je me suis un peu détendu — Joël a jeté un coup d'œil par la porte de son bureau et je lui ai fait signe que tout allait bien.

Alors c'est ici que ça se passe, me déclare Paul qui ne cache pas sa bonne humeur. Et ça va, tu es content. Hannah m'a dit que tu étais là. Elle est fière de toi, tu sais. Tu es le premier écrivain de la famille. Je ne sais pas si tu mesures l'incroyable chance que tu as.

Nous nous fixons un instant. Il ne se départ pas de son sourire. Je cligne des yeux.

Mais Paul, est-ce que vous allez passer votre temps à m'emmerder. Vous n'avez pas mieux à faire. Vous ne pourriez pas vous trouver une autre tête de Turc pour changer.

Il est encore particulièrement vif. Rapide comme l'éclair, il me saisit par la cravate et me tire par-dessus le bureau. Je n'entends toujours pas de l'oreille droite, le monde paraît s'obscurcir de ce côté chaque matin, mais il me dit écoute-moi bien. Veronica a foutu le camp, c'est ça, tu m'as bien entendu, elle a filé. Alors voilà. Retrouve-la-moi en vitesse. Appelle-la. Débrouille-toi. Je ne veux pas que ça fasse le tour de la ville. Est-ce que c'est clair. Ça doit rester privé. Prends l'autre débile avec toi et ramène-la.

Commencez par me lâcher, lui dis-je. Sachez vous tenir un peu de temps en temps.

Je ne répète pas à Robert la façon dont Paul l'a qualifié. Je ne veux pas l'inquiéter davantage, il se sent mal fichu, mais l'avenir ne lui appartient plus, surtout dans sa branche, c'est un fait. Il grimace en se levant pour me servir un verre.

C'est pas de la trouver qui va être difficile, déclare-t-il en se passant une main sur la figure. C'est de la ramener. Tu me suis.

Ne m'en parle pas.

Je me prends la tête dans les mains rien que d'y penser.

Et bien sûr, elle refuse de venir. Je lui déclare que Robert nous attend en bas et qu'il l'emmènera de gré ou de force.

Vous le connaissez, lui dis-je. Il ne discute pas les ordres.

Je regrette de t'avoir fait confiance.

Écoutez-moi, Veronica. En tout cas, ce n'est pas la bonne solution. Paul n'est pas encore furieux contre vous, mais il va le devenir. Ça va vous coûter plus cher.

J'ai cru que tu venais pour autre chose.

Je veux ce qu'il y a de moins douloureux pour vous. Écoutez. Bon. Très bien. D'accord. Vous ne bougez pas. Vous restez là.

Je lâche ses mains, reprends l'ascenseur, j'appelle Paul. Robert me conduit. Paul m'ouvre la porte.

Tu travailles vite, me dit-il. Mais est-ce que tu travailles bien.

Oui, c'est pratiquement réglé.

Comment ça, *pratiquement* réglé. Explique-moi ça, animal.

Vous lui faites peur.

Je retourne près de Veronica. Je reprends l'ascenseur, je reprends ses mains. Ouf, c'est arrangé, lui dis-je. Mais quelle tête de cochon, quel esprit retors. Ah, ma pauvre.

La chambre est très agréable. Je grappille quelques grains de raisin dans la corbeille de fruits en lui narrant le contenu de ma conversation avec Paul.

Je n'ai pas peur de lui, me corrige-t-elle. Je ne le supporte plus, c'est différent.

Elle se serre contre moi.

C'est toi qui me fais peur, me déclare-t-elle.

Quelques minutes plus tard, je remonte mon pantalon, elle tire sur sa jupe et nous voilà bientôt dans l'ascenseur, les joues roses, muets comme des carpes, abîmés dans nos pensées. Je ne suis pas très satisfait de l'option que nous avons choisie. Je ne me réjouis pas beaucoup de la ramener à Paul, loin de là, eussions-nous pourtant ainsi évité le pire, la fureur, les étranglements, les éruptions rageuses de son foutu mari. Je surprends mon air sombre et fuyant dans le miroir marbré de la cabine qui semble montée sur pneumatiques, l'air de celui occupé à commettre un acte méprisable.

Nous échangeons un regard contrit en arrivant au rez-de-chaussée. Je culpabilise à mort. Sans doute ne vais-je pas livrer une vierge à des barbares, j'en suis loin, mais cependant notre dernier rapport sexuel me rend un peu sentimental et je fais grise mine.

Nous traversons le hall illuminé la tête basse. L'homme aux clés nous salue. Il est tard, mais la circulation est encore dense, les gens sont dehors — il règne depuis quelques jours une étrange douceur printanière, les arbres sont en bourgeons, les nuits à peine fraîches.

Robert nous regarde arriver et nous ouvre la portière. Il ne me quitte pas des yeux. Veronica monte. Il m'ouvre le coffre pour la valise. Il attend. Il m'observe.

Je t'avais dit que le plus difficile serait de la ramener, finit-il par m'annoncer avec une moue.

Personne n'ouvre la bouche durant le trajet. J'ai pris place devant. J'ai mille raisons de ne pas vouloir m'asseoir près d'elle. J'ouvre mon carreau pour avoir de l'air et bien que la pollution, aujourd'hui encore, atteigne des sommets, l'air sent bon — et c'est une consolation de savoir que nous allons tous mourir dans un air qui sent bon, surtout quand nous traversons le bois et qu'une odeur végétale, avec une larme de feu de bois, domine.

Plus nous approchons, plus l'ambiance est plombée. Sur le parking, je soupire. Veronica, en revanche, se dirige vers l'entrée d'un pas décidé — tandis que je la suis et l'accompagne du sinistre cliquetis de sa valise à roulettes sur le bitume. Je jette un dernier regard à Robert qui démarre en trombe sans demander son reste.

Lorsque nous montons nous coucher, Hannah et moi, je suis à moitié ivre. Ce qui ne m'étonne guère car je n'ai pas trouvé de meilleur moyen pour parvenir à sourire, paraître décontracté, passer à table comme si de rien n'était, respirer l'air vicié, étouffant de la pièce, entendre le silence hallucinant derrière les amabilités échangées — m'enivrer pour avoir le courage de participer à cette irrésistible farce où tout sonnait faux.

J'osais à peine croiser le regard de Veronica, non qu'un sentiment de jalousie m'affectât en songeant que sans doute elle devrait bientôt se plier à ses tristes obligations conjugales, mais je m'inquiétais pour sa sécurité, je ne voulais pas la voir tomber, pour finir, sous les coups de ce caractériel de Paul.

L'éclat de satisfaction dans son regard, sa gourmandise, cette façon qu'il avait de poser ses deux mains sur la table, de constater avec un plaisir sourd que tout était rentré dans l'ordre, que tout était sous son autorité. J'en étais malade. J'avais beaucoup apprécié son petit commentaire à propos de la visite qu'il m'avait rendue quelques heures plus tôt et qui l'avait, selon ses mots, impressionné, sans blague, tous ces livres, toute cette culture, cette ambiance feutrée, et lui trônant au milieu, sérieux comme un pape, donnant des interviews en costume, Hannah, tu l'aurais vu ton écrivain, ton petit mari, j'ai failli lui demander un autographe.

Hannah avait ri. Moi pas. Je n'étais pas encore disposé à la regarder en face, mais je bénissais sa présence et en cet instant sa précieuse volubilité qui me permettait de rester en retrait, de vider mon verre en silence tandis qu'elle bavardait avec son père.

J'avais aidé sa mère à débarrasser. Un tel chaos régnait alors sous l'apparence d'une soirée paisible. Je sentais bien que Veronica m'en voulait de la remettre au cœur d'un échiquier détestable, mais aussi qu'elle appréciait de m'avoir presque à demeure, de mener une vie secrète. Dans le salon, Paul allumait son cigare et Hannah me préparait un Martini-gin. J'ai baissé les yeux. J'ai demandé où étaient les olives. Veronica se tenait sur ma droite, de sorte que je n'ai pas entendu sa réponse. Chérie, je ne les trouve pas, ai-je lancé en direction d'Hannah. Veronica m'a pincé mais je l'ai ignorée car sa fille m'adressait alors un sourire si lumineux, si ravi — je ne passais pas mon temps à l'appeler chérie — que durant un instant j'en fus si touché, si ému, me sentis si indigne de ses sentiments pour moi que j'en frémis. Bien qu'ils fussent beaucoup plus rares, je tenais de ma mère ces incoercibles élans sentimentaux — plus fréquents lorsque j'étais ivre.

Si elle était grand-mère, ça la calmerait, m'avait glissé Paul tandis que nous observions les deux femmes dans le jardin, ça lui ferait du bien, tu devrais faire ça.

Veronica grand-mère, avais-je supputé en me tenant le menton. Veronica grand-mère, tiens donc. Hum. Remarquez, je la vois très bien tricoter des chaussons.

C'est ton rôle de me donner un héritier, n'oublie pas ça.

Je ne réponds rien mais je tuerais cet enfant dans son berceau plutôt que de perpétuer la race de Paul.

Quelques jours plus tard, ce n'est pas à Veronica qu'il s'en prend. Tout semble calme de ce côté. J'ai échangé avec elle des messages rassurants à cet égard, les siens me pressant de la rejoindre au plus vite, ce que je n'ai pas encore fait, prétextant un emploi du temps chargé et certains risques qu'il ne fallait pas prendre — l'autre soir, avant que nous n'ayons eu le temps de nous livrer à des pratiques irréversibles, j'avais dû filer par le jardin quand Paul était rentré, j'avais traversé la haie le cœur battant, pestant de rage entre mes dents, par dépit sexuel, sans doute, mais surtout contre ma stupidité, ma faiblesse, ma propension à me fourrer dans des situations grotesques.

J'ai ri, un matin, je n'en croyais pas mes yeux quand Paul m'a ouvert. Je suis resté sidéré. J'ai poussé un petit cri de surprise aussitôt transformé en un whaow admiratif. Il s'est fait teindre les cheveux. Auburn. Son teint vire maintenant à l'orange intense et il se teint les cheveux couleur cuivre. Un clown démoniaque.

Paul, ça vous va super bien, lui dis-je.

Veronica y voit la preuve que son mari devient de plus en plus cinglé, mais je lui fais valoir que tout est permis aujourd'hui, il suffit de se promener dans les rues et de regarder autour de soi pour s'en apercevoir. Elle n'est pas très satisfaite de moi qui n'ai pu me débrouiller pour qu'on se voie un moment depuis notre prompte affaire entre deux portes avant que nous ne quittions l'hôtel, la mort dans l'âme.

Veronica, lui ai-je expliqué, nous sommes assis sur un baril de poudre. Je ne t'apprends rien, n'est-ce pas. Tu le sais aussi bien que moi. Nous ne longeons pas un précipice, nous longeons deux précipices. Il y en a un de chaque côté. Nous avançons sur une crête plus tranchante qu'une lame de couteau. Nous le savions. Nous l'avons toujours su. Alors, prudence, d'accord. Nous ne sommes plus des adolescents.

D'autant qu'il me semble que Paul me surveille. Dieu merci, il n'a pas encore de soupçons sur ma relation avec sa femme, mais il en a, je présume, concernant mon arrangement avec Robert.

Ne t'inquiète pas pour ça, me rassure celui-ci. Je prends mes précautions. Prends les tiennes. Le fric rentre normalement.

Il est en train de laver sa voiture. Il fait beau. Je reviens d'une radio où un auteur m'a demandé ce que je fabriquais avec mes changements de temps intempestifs et où j'ai dû expliquer que ce choix provoquait une rupture de focale instantanée qui recomposait le rythme d'ensemble. Je n'aime pas faire ça, expliquer. Mais ce n'est pas facile d'avouer que l'on ne sait pas toujours pourquoi l'on fait les choses et que l'on obéit à une force inconnue dont on reste l'esclave.

Tu en fais une tête, me dit-il.

Oh, ce type m'a épuisé, soupiré-je. Oh là là. Quelque chose de mauvais bouillonnait en lui.

Contre moi. Je provoque toujours ce genre de réaction chez ce genre de type.

De quoi tu me parles, Denis.

Il a branché un tuyau dans la buanderie de son immeuble et il arrose sa Taunus d'une main. De l'autre, il fume. La lumière, la tiédeur du soleil semblent lui faire du bien. Il se tient presque droit.

J'ai cru que ce con allait s'étrangler, déclaré-je. Il a prétendu que je semais la peste. Mais vous, mon vieux, j'ai dit vous mon vieux, vous ne semez rien du tout, vos glandes sont stériles.

Donne-moi son nom.

Robert, on ne peut pas tout régler de cette manière. Combien de fois devrai-je te le dire.

Il lève les yeux vers le ciel bleu et sourit. De son tuyau s'épanche un mol bouquet liquide s'écoulant à ses pieds sans la moindre éclaboussure par manque de pression.

Je suis venu voir comment tu allais. Jacqueline m'a appris que tu ne prenais plus tes antibiotiques. Ça veut dire quoi.

Je suis devenu allergique à l'amoxicilline. De quoi elle se mêle.

Elle s'inquiète. Elle tient à toi, je suppose.

Il jette sa cigarette et passe en silence une peau de chamois sur le capot avant de croiser à nouveau mon regard.

J'ai pas viré de bord, Denis. C'est compliqué avec elle. Des fois, ça me dégoûte. J'aimerais mieux que t'en parles pas.

Oh. Et à qui voudrais-tu que j'en parle. Réfléchis.

Dans ton livre. Donne pas cette image de moi dans ton livre. Je préfère encore gangster qu'homosexuel.

Je verrai. Soigne-toi. Il faut que nous restions en forme. Nous sommes assis sur un baril de poudre.

Il ricane, astique une aile en déclarant tu fais ce qu'il faut pour, j'ai l'impression.

Je ne sais pas de quoi tu parles. Mais Dieu m'est témoin que je ne l'ai pas cherché.

Tu es fou.

Je ne suis pas le maître de mon destin, Robert, je ne suis pas le capitaine de mon âme. Voilà ce que je pense quelquefois.

Il aura aucune pitié pour toi. Je te le garantis. Les années l'ont pas attendri, tu ferais bien de te méfier.

Je surveille ça comme le lait sur le feu. Je la tiens à distance.

Je n'aimerais pas qu'il me demande de m'occuper de toi. Ça me poserait un problème.

Oui. J'imagine. Tu l'as vu, dernièrement. Il a des reflets. Il s'est teint en auburn.

C'est pas un très bon présage, me dit-il.

Le soir même, Jacqueline me confirme que les choses ne vont pas au mieux entre elle et Robert. Il prétend que c'est sa blessure, déclare-t-elle, et c'est vrai qu'il accuse le coup, mais non, c'est plutôt l'histoire habituelle. Les moutons retournent au bercail, pour finir.

Elle me quitte en écrasant une larme dans son mouchoir. C'est pourtant une femme forte. Oui, mais nous sommes comme ça, me confie Milena en prenant sa place. Nous sommes trop sentimentales, c'est une malédiction. Par exemple, moi qui te parle.

Oh non, pitié ma chérie, la coupé-je. Oh non, j'en ai assez entendu comme ça pour la journée.

Chic fille, elle n'insiste pas et roule un joint tandis que j'enfile mes bas et fixe leurs attaches. Ne m'en veux pas, lui dis-je, mais j'ai une vie particulièrement chargée ces temps-ci. Je n'ai plus de place. Je ne pourrais t'être d'aucun secours. Tu sais, je suis effaré par la vitesse à laquelle, oui, avec plaisir, merci, par la vitesse à laquelle nos sentiments les plus brûlants peuvent s'éteindre. C'est effrayant. Il faut passer son temps à chercher l'équilibre. Et ça fait de nous des bêtes de cirque, le plus souvent. Hum, c'est bon.

Je monte sur scène complètement défoncée mais enfin hors de portée, enfin détendue en passant dans l'autre monde, enfin légère, enfin méconnaissable. Au milieu de notre numéro, je danse un slow avec Ramon, je ne sais pas pourquoi, je ne cherche pas à comprendre. Je laisse Denis à ses stupides problèmes et m'abandonne dans les bras de Ramon les yeux mi-clos, nue sous ma nuisette Soie Précieuse de Lise Charmel, perchée sur mes talons aiguilles, mes boucles blondes caressant mes épaules, les mains de mon partenaire sur mes fesses, froissant ma robe. Je danse — mais peut-on appeler ça danser — les yeux fermés, l'esprit délicieusement embrumé, lascive. Le public ne s'y trompe pas qui siffle et nous lance toutes sortes d'encouragements — à présent que Ramon est passé dans mon dos et se colle à moi comme une sangsue lubrique, mon érection devient visible et je fais un tabac.

Dès que nous sortons de scène, Christian nous convoque dans son bureau. Je me laisse aller dans un fauteuil car privée de l'appui de Ramon, je tiens à peine debout.

Bon, écoutez-moi, tous les deux, nous déclare-t-il. C'était bien. Votre truc, c'était très bien. Okay. Mais dépassez pas les limites. Là, on était limite, vous me suivez, je veux pas d'ennuis.

Je jette un coup d'œil à Ramon qui a pris place à côté de moi et je lui dis tu vois ce que je t'ai dit.

Puis je ris sourdement et renverse la nuque contre le dossier pour admirer le plafond.

T'étais sacrément chaude, en tout cas, rétorque Ramon. Tu avais pris quoi.

Peu importe ce que j'ai pris. C'est l'arrivée du printemps qui m'a mise dans cet état.

Un instant, je revois ma mère, agenouillée devant moi, faufilant ma première jupe, dressant l'oreille pour guetter l'arrivée de mon père et comme je rayonne, comme je suis ravie, comme je trépigne, en tremblant à la fois.

Christian me tend un verre tandis que Ramon

vient s'asseoir sur le bras de mon fauteuil et nous prend en photo.

Ça ne te dérange pas, non, me demande-t-il.

Si cette photo sort quelque part, lui réponds-je d'une voix traînante, Ramon, je te tue.

Non, me souffle-t-il à l'oreille en me pressant l'épaule avec soin. C'est pour moi.

Alors c'est différent si c'est pour toi, Ramon. J'espère que tu vas l'accrocher au-dessus de ton lit.

Comme il en prend une autre, je remonte ma robe pour lui dévoiler davantage de cuisses.

Faire tourner la tête d'un homme n'est pas très difficile — c'en est parfois presque ennuyeux. Je souris en lui ébouriffant les cheveux, et là, je sais que je peux lui demander n'importe quoi, qu'il est pris dans mes filets. C'est une expérience étrange de voir le vertige qui les saisit, de voir leur cerveau s'éteindre, leurs armes rendues à nos pieds, rouges de sang.

Christian remplit nos verres et déclare qu'a priori il ne favorise pas les aventures entre les uns et les autres. J'ai une certaine expérience de ça, dit-il alors que Ramon m'embrasse dans le cou, je sais comment ça se termine et c'est des emmerdements pour tout le monde.

Je repousse mollement Ramon qui s'est laissé glisser sur moi et devient très entreprenant. Christian hausse les épaules et sort dans le couloir, le téléphone à l'oreille.

Ramon tu es lourd, tu me fais mal, ronchonné-je sur un ton peu convaincant.

Cependant je me fige car je vois ma mère de nouveau, elle prend mes mains pour écarter mes bras et m'admirer dans cette jupe qu'elle a réalisée pour moi, puis elle m'attire brusquement contre elle, enfouit son visage dans ma poitrine d'adolescent et me retient, et nous ne bougeons plus jusqu'au coucher du soleil.

D'un point de vue sexuel, une vision de ce genre n'agit ni en accélérateur ni ne pousse à la reddition, de sorte que je me relève d'un seul élan, d'un coup de reins déterminé laissant Ramon ahuri refermer ses mains sur le vide.

Je regagne les loges d'un pas mal assuré. J'en ai presque les larmes aux yeux.

Et donc, ce n'est pas à Veronica que Paul s'en prend, comme je l'évoquais, alors que j'appréhende la fin d'un cessez-le-feu qui semble pourtant tenir entre les deux, mais je me méfie tellement de lui que je peine à la croire lorsqu'elle m'envoie des messages rassurants de ce côté — elle m'inquiète un peu de l'autre en se montrant de plus en plus pressante, du genre Denis j'en ai plus qu'assez, fais quelque chose.

Que je fasse quoi, selon elle, que je déclenche quelle apocalypse. J'efface avec humeur et contrariété chacun de ses textos et je m'arrange pour ne pas la croiser, sinon avec Hannah pendue à mon bras, et j'adopte alors un air embarrassé, je lui adresse un sourire contrit, avec force signaux d'impuissance muette censés montrer combien j'enrage de ne pouvoir m'échapper un seul instant pour lui rendre visite — elle me considère en retour d'un visage de marbre blanc, lisse, glacé, chargé de couteaux.

Je me mets à sa place, je ne lui en tiens pas rigueur. Sa situation est peu enviable. Mais Paul paraît avoir pour l'heure d'autres chats à fouetter et je ne tiens pas à attirer son attention sur nous. Le printemps commence à s'installer, je n'ai pas l'intention de le saccager pour une vague histoire sexuelle qui ne distille plus le poison mortel de la nouveauté, de la découverte, du froissement de l'ombre, et me permets de garder mes distances, à tout prendre, sans trop de mal. Tout à coup, le ciel bleu est devenu vraiment bleu, le fond de l'air a changé et une grue s'est posée sur le toit du local technique recouvert de chaume en poussant un *krooh* nasillard et puissant. Je ne suis pas disposé à mener une guerre dès les premiers jours du printemps, vraiment pas. Il y a un temps pour se battre et un temps pour reconstituer ses forces.

Paul a passé l'après-midi chez lui afin de suivre le premier tour du Masters à Augusta — je n'en ai pas perdu une miette car en plus de virer au rouge orangé, il devient sans doute sourd, et mon bureau se trouve situé juste au-dessus de sa tête, en sorte que je suis heureux d'apprendre que Bill Haas termine le parcours en tête, qu'une forte brise s'est levée dans l'après-midi, rendant les greens très rapides, etc., comme si j'avais l'oreille collée à sa porte, les murs en papier, mais je ne suis pas censé traîner chez moi en plein après-midi, je suis censé accompagner Robert dans ses tournées sanglantes et si je déambule, pieds nus, c'est que je suis incapable d'entreprendre quelque chose avec ce bruit dans les oreilles, l'annonce qu'Adam Scott, le tenant du titre, peut toujours prétendre à la veste verte, qu'il s'est montré serein et blagueur durant la conférence de presse, etc., ad nauseam.

Cela étant, mon oreille droite se porte beaucoup mieux, elle commence à percevoir quelques sons, de lointaines rumeurs, les cris d'oiseaux aigus. Hannah est soulagée de constater ces progrès — elle a juré de ne plus hurler dedans, quoi qu'il arrive. Le soir tombe. Paul a éteint sa télé et une agréable quiétude s'est installée et m'a poussé vers la terrasse où j'ai pris mes discrets quartiers derrière des buis en pot. Ramon m'appelle, mais je ne réponds pas. Je coupe le mien. Hannah toque au carreau afin de m'adresser un sourire. Je tire mon carnet de ma poche et le brandis au-dessus de ma tête et elle comprend et me laisse à mon ciel étoilé, mollement étendu sur un lit de jardin à roulettes. À peine grimaçant. Les critiques de mon livre ne sont pas fameuses, Joël vient de me l'apprendre avec le ton qu'il emploierait pour m'annoncer que j'ai un cancer. Mieux vaut être à l'orée du printemps qu'au fin fond de l'automne pour être mis au courant de ces choses. On pense y être habitué mais on ne s'y habitue jamais, la blessure qui se rouvre est toujours aussi fraîche et la douleur, aiguisée par l'empilement des années, encore plus vive.

Mais le silence autour de moi, sa profondeur, sa douceur, sa présence lancinante m'épargnent la mélancolie inhérente aux retours de bâton que l'on reçoit sur la tête quand on n'a pas été un bon camarade. J'encaisse le choc assez vaillamment, je respire en rythme, avec soin — ma mère me disait regarde-moi, calme-toi, contrôle ta respiration, c'est ça, après que la main de mon père eut fendu l'air au-dessus de la table et brisé un peu de vaisselle au passage avant de finir sa course sur ma figure dont il avait trouvé les lèvres trop colorées ou pour un léger voile de fard à paupières que j'avais oublié. Il ne fait pas encore très sombre et je peux suivre, presque sous mon nez, du jasmin les jeunes vrilles au vert tendre cherchant à s'accrocher au bois de la rambarde, je peux sentir leur effort, leur quête aveugle, leur fatigue, l'angoisse de l'inconnu, la peur du vide, du coup de vent tant qu'elles ne sont pas fermement arrimées. Bref, j'en suis là de mes observations, attentif, d'humeur compatissante, lorsque je perçois de soudains éclats de voix en provenance du rez-de-chaussée et je pense aussitôt que le torchon brûle de nouveau entre Paul et Veronica tandis que les dernières lueurs du jour se volatilisent et que l'ombre s'étend comme de l'huile. Je me redresse, dans un élan glacé.

Je ne distingue pas bien les voix étouffées par le double vitrage qui donne sur le jardin, mais le ton monte puis s'élève tout à coup quand la baie est brutalement ouverte.

Avant que je ne me sois levé, je reconnais sans surprise la voix de Paul qui éructe tu m'entends, espèce de con, espèce de connard, et je tombe des nues, à l'abri de la pénombre, en découvrant qu'il s'adresse à Robert, que c'est à Robert qu'il s'en prend au bout du compte.

Tu peux passer vingt ans de ta vie au service d'un type tel que Paul, l'ai-je averti, il te laissera tomber sans le moindre état d'âme, quand bon lui semblera, il t'abandonnera sans un seul regard sur le bord de la route. Robert, je te l'ai dit cent fois, Jacqueline te l'a dit, on te l'a tous dit, mais tu n'as rien voulu entendre.

Te voilà servi, à présent. Ça barde pour ton matricule. Vous vous êtes éloignés vers la petite porte de sortie du jardin et je n'entends pas bien ce qu'il te grogne au visage — il paraît incandescent dans son peignoir rouge écarlate et s'agite comme une flamme autour de toi — mais ce ne sont pas des couronnes qu'il te tresse. Toi, tu es blanc comme un mort, tu ne bronches pas, tu es presque au garde-à-vous, tu laisses passer l'orage. Mais tu le connais, pourtant, tu devrais savoir qu'il ne va pas en rester là. Je vois tes mains, je ne vois pas tes poings serrés, je vois tes mains pendantes, et je lève les yeux au ciel. Robert, je t'ai vu dérouiller des types trois fois comme lui, arrête, ne prends pas cet air coupable alors qu'il t'aboie en pleine figure comme un chien fou.

Je ne pensais pas que Paul puisse entrer dans une telle rage contre Robert. J'en suis stupéfié. Non qu'il eût l'habitude de prendre des gants avec ceux qui sont sous ses ordres et Robert en a fait les frais quelques fois — Paul lui rappelait qui était le maître et à quel point nul ne comptait à ses yeux —, mais rien de comparable à la scène qui se déroule sous mes fenêtres, rien de si extravagant. Paul devient de pire en pire. Je ne sais pas ce qu'il prend au juste — encore que —, et qui le rend si violent, si agressif, perpétuellement sous pression — vieillir y fait aussi, sans doute —, mais c'est une pile électrique.

Quoi qu'il en soit, il te frappe. Du plat de la main, à toute volée. Si fort que tu en perds un instant l'équilibre avant de retrouver ton aplomb. Tu ne dis rien, tu regardes tes pieds et il t'invective de nouveau. Tu n'es plus blanc, tu es crayeux, tu es gris cendre, tu es muet — tu n'as pas mal, tu es muet d'étonnement, d'émotions qui t'abasourdissent.

Néanmoins, au cas où tu n'aurais pas compris, au cas où ta soumission ne serait pas totale, il te frappe encore. De la même façon, en plus magistral. Cette fois, tu plies le genou. Tu saignes de la bouche.

Tu te redresses, tu fais comme si rien ne s'était passé tandis que Paul s'écarte de toi avec un air

dégoûté en hurlant que tu dégueulasses le dal-
lage, que tu dois foutre le camp tout de suite.

J'en ai assez vu. Je me rassieds dans l'ombre une
seconde, je souffle un peu, la porte du jardin
grince.

Hannah lève le nez de son magazine et m'interroge du regard.

Ton père vient de corriger Robert, déclaré-je en
enfilant une veste.

Je la considère un instant. Je ne m'attends pas
qu'elle pousse un cri d'horreur mais son indiffé-
rence me sidère.

Je suis penché sur le miroir, je retire mes faux
cils. Ramon en profite pour surgir dans mon dos
et m'embrasser dans le cou. Je ne l'ai pas entendu
arriver. Nous sortons juste de scène, je suis en
sueur. Il me dit que c'est ce qui l'excite. Je secoue
mes épaules pour l'écarter.

Tu es répugnant, lui dis-je.

Denise, j'adore ta peau.

Oui, tu n'es pas le seul. Merci. Mais Ramon, ça
ne va pas plus loin que ça, pour moi. Tu ne l'as
toujours pas compris.

Ma, je vois pas ce qu'il y aurait à comprendre.

Tu ne vois pas. Vraiment. Je pensais que tu avais
plus d'expérience. Je pensais que tu le sentirais.

Ma, un homme qui met des bas et des culottes
de femme, hein.

Stop. Je t'arrête. Ne mélange pas tout. Je m'habillais déjà en fille avant que tu viennes au

monde. Si j'avais eu ça en tête, il y a longtemps que je l'aurais fait, tu ne crois pas.

Ma, il faut rester ouvert, tu sais.

Tu vas te mettre à dire Ma avant de commencer chacune de tes phrases, Ramon. C'est quoi, c'est nouveau. C'est pour faire mexicain. En tout cas, je n'ai pas le temps. Robert est avec Jacqueline. Je dois le récupérer. Ne me mets pas en retard.

Il en fait, oune tête. Il a perdu sa mère ou quoi.

Pire. Enfin presque. Il vient de perdre son emploi. Un vrai drame pour lui. Il est sous le choc. Il est à genoux devant une tombe. Sais-tu ce qu'il m'a dit, en venant, il m'a dit donne-moi un coup de poing dans la gueule, Denis. C'est pour te dire.

Ma, et tou lui as flanqué.

Bien sûr. Sa tête a valdingué contre le carreau, mais une piqûre de moustique aurait eu plus d'effet.

Je me lève et dégrafe ma robe qui glisse à mes pieds.

Ma, tou le fais exprès, non.

Je hausse vaguement les épaules puis enfile un pantalon.

Plus tard, ayant pris le relais de Jacqueline puis tenté en vain de lui remonter le moral, je ramène Robert chez lui. Il est tard, la nuit est douce, mais la raison pour laquelle je conduis avec ma vitre ouverte est que je ronge mon frein en silence et que je lui en veux. Non pour les deux longues heures mortelles que je viens de passer à ses côtés

— j'ai dû parfois claquer des doigts devant ses yeux perdus dans le vague pour capter son attention —, car ma mère m'a transmis sa fibre compassionnelle, je sens encore ses bras serrés dans mon dos, sa poitrine battre contre ma poitrine, je ne sais combien se sont mouchés ensuite contre mon épaule lorsque j'étais plus aguerri, combien de chemises j'ai dû laver après avoir tenu de quasi-inconnus contre moi par la grâce qu'elle m'a accordée d'être sensible à la détresse. J'aurais pu rester jusqu'au matin avec lui, la question n'est pas là.

Mais j'ai senti la colère monter en moi à mesure que nous écumions les bars devant une eau gazeuse pour cause d'antibiotiques et qu'il opposait à mes questions, à mes attentes, à mes remarques sur la santé mentale de celui qui nous tenait tous dans sa poigne, quelques grognements incompréhensibles, quelques regards appuyés dont je ne trouvais pas la clé.

Me garant en bas de son immeuble, j'ai pris conscience que je souffrais. Je ne l'avais pas analysé aussi clairement quelques heures plus tôt, lorsque j'avais choisi de m'asseoir un instant après la scène du jardin. J'avais été si estomaqué. Mes sentiments étaient si confus. J'y voyais beaucoup plus clair à présent.

Sans réfléchir, je me suis penché vers le carreau, côté passager, cependant qu'il s'avançait vers l'entrée. Tu m'as fait mal, lui ai-je lancé. Tu aurais dû lui tendre l'autre joue. Tu aurais dû prendre son bras et te gifler avec. Tu m'as blessé, espèce de connard.

Je n'espérais pas davantage de réactions que je n'en avais obtenu au cours de notre sinistre déambulation arrosée d'eau minérale — sinon un regard vide, un visage dénué d'expression, à la lèvre fendue, au mouchoir taché de sang. Mais il s'est arrêté sur la première marche, la main sur la rampe, hésitant, courbé, puis se tournant vers moi, il a rebroussé chemin.

J'ai tendu le cou dans sa direction tandis qu'il se penchait à la portière. Ça m'a écœuré, ai-je repris avec force. Et ta fierté. Tu en fais quoi de ta fierté. Paul est une merde.

Il jette un coup d'œil sur le trottoir en souriant, comme si je venais de faire une plaisanterie. C'est une banlieue calme, silencieuse, éclairée par une lune aux reflets bleus.

Il y a des règles, Denis, me dit-il. Dans le monde où je vis. Je les ai acceptées. Il y a des règles. C'est comme à l'armée. On obéit au chef. Le modèle me convient. De quelle fierté tu me parles.

Je serre les dents tout en me réjouissant de son réveil. Tu es dans mon prochain roman, Robert, lui rappelé-je avec humeur. Je travaille sur ton personnage, vois-tu. Je n'avais pas prévu que tu me lâcherais.

Il s'est redressé, a humé l'air de la nuit en grimaçant, puis il a proposé que nous poursuivions cette conversation chez lui devant un Perrier. J'ai refusé car je commençais à me sentir ballonné, mais j'ai déclaré que je n'en voyais pas l'intérêt.

Il a ouvert en soupirant et s'est installé à côté de moi. Il sentait la sueur froide, aux relents aigres. J'ai coupé le contact. J'ai attendu. Les mains sur le volant, sans le regarder, j'ai attendu qu'il se manifeste.

C'est quoi, ton idée, a-t-il fini par me demander.

C'était une bonne question. Je me revois, avalant ma salive. Les mots se bousculant dans ma bouche, prêts à m'enchaîner. Je ne parvenais pas à les prononcer. Je bégayais, j'étais pitoyable.

J'avais souhaité la mort de Paul de nombreuses fois, j'avais rêvé de lui planter un couteau dans le cœur ou de l'abattre comme un chien en diverses occasions, mais passer à l'acte n'était pas si simple. Certes, j'avais œuvré à monter les esprits contre lui, j'étais parvenu à semer le trouble au sein de cette famille, je n'avais pas manqué une seule occasion de leur montrer à quel genre de fou furieux ils se soumettaient et j'avais maintes fois piétiné son portrait de rage, mais je n'envisageais pas de me trouver un jour au pied du mur par quelque nuit claire de printemps, au volant d'une voiture à l'arrêt, le regard de Robert me vrillant la tempe.

Mais si l'on met un écrivain désargenté dans un appartement de luxe avec terrasse, de quel courage peut-on l'investir, quel acte sensé peut-on attendre de sa part. J'avais été pris au piège comme un enfant. De là à tuer Paul, de là à mettre quelque machination sur pied pour l'éliminer.

De l'histoire ancienne, aujourd'hui. Une page est tournée. Paul n'est plus le problème numéro un. Aujourd'hui, Paul m'aime bien.

Robert est mort un mois avant la sortie de mon livre dans lequel il tenait le rôle principal, mais c'est bien le seul regret que j'aie pour cette époque, l'amitié que je commençais à éprouver pour lui. Quand j'avais appris que son différend avec Paul venait en partie de moi, de l'arrangement que nous avions conclu sans sa permission, ma rage contre ce dernier m'avait poussé au matin à foncer sur lui du fond du parking — et à l'éviter de justesse avant qu'incrédule il ne relève la tête de son coffre arrière comme je disparaissais.

Chaque fois que je m'occupe de la teinture de Paul, cependant que je lui applique son Rouge Noble Remarquable en détournant les yeux, je ne peux m'empêcher de songer à cette nuit noire et pluvieuse lorsqu'il s'est garé sur le parking et s'apprêtait à ouvrir son parapluie ou remontait le col de son imperméable en maugréant — nous avons eu un printemps exécrable pour finir, l'enterrement de Robert s'est déroulé sous un déluge lui aussi, les rivières ont débordé dans tout le pays, l'océan a balayé les côtes, les cultures ont moisi.

J'en ris à présent, depuis que j'ai ouvert cette boutique de sous-vêtements féminins où tout le monde de l'édition se précipite. Les affaires marchent bien.

Cette époque paraît si loin, déjà. Robert est tout ce qui m'y rattache. Ses derniers jours n'avaient pas été brillants, il était trop tard lorsque Jacqueline et moi avions décidé de l'emmener de force à l'hôpital, mais j'avais eu le temps de lui lire mon livre, il avait tenu bon jusqu'au bout, me laissant à peine le temps de reprendre mon souffle.

Ça va, tu en penses quoi, l'avais-je interrogé.

Il semblait endormi mais il avait levé une main faible. Il ne se doutait pas alors du succès que le livre allait rencontrer, ni que son personnage allait devenir célèbre.

On me demande quelquefois si je ne vais pas écrire la suite et je réponds qu'il n'y a aucune chance, que je n'ai pas le pouvoir de ressusciter Robert — ce qui d'ailleurs contrarie un peu Joël qui souhaiterait que j'y réfléchisse plus sérieusement, mais peu importe, je ne me soucie plus du paiement de mon loyer.

L'automne est arrivé sans bruit, cette année. Je me suis fâché une nouvelle fois avec mon père, à propos d'argent. Je lui aurais donné tout ce qu'il voulait s'il n'avait pas fait cette réflexion sur cet argent que je gagnais si mal — ce n'était pas une allusion à mes maigres droits d'auteur, mon père n'a aucun humour, mais à mes cachets de travelo comme il disait, et à cette boutique de sous-vêtements pour putains que j'avais ouverte, en partenariat avec *Victoria's Secret*.

Son attitude m'a fait hurler de rire, sur le coup. Ainsi qu'économiser mon sale argent. Je ne le prends plus au téléphone. Ma mère, dans son infinie bonté, m'aurait adjuré de lui pardonner, de sorte que je lui ai pardonné sa brutalité, sa rancœur, sa bêtise, son arrogance, en claquant la porte, mais je n'ai plus très envie de le revoir.

Il est mort pour moi depuis longtemps, quoi qu'il en soit. Lorsque je m'exerce au tir, il m'arrive parfois de le prendre pour cible et je n'en éprouve aucune honte, je lui envoie mes balles en pleine tête, mais ce n'est pas méchant, je ne lui veux pas de mal. Je ne suis pas le fils qui lui convenait, c'est tout. Un jour, Paul m'avait dit la même chose. D'ailleurs, je tire également sur lui. L'exercice me fait du bien.

Je n'ai pas le courage qu'avait Robert et je pense que je ne l'aurai jamais, honnêtement, j'en ai fait mon deuil — j'ai placé une pomme sur la tête de Paul, un après-midi qu'Hannah et sa mère étaient en ville, mais je n'ai pas pu tirer, je suis resté le bras tendu, le doigt sur la détente, jusqu'à en avoir mal, à trembler, puis j'ai renoncé, j'ai remis la pomme dans la corbeille à fruits et je n'ai plus tenté, depuis lors, de renouveler l'expérience, je n'ai pas la trempe de mon ancien camarade ni ce don de régler les problèmes sans s'inquiéter du bien ou du mal qu'il possédait naturellement.

Veronica passe à la boutique et demande à voir les comptes. Robert sourirait sans doute à ce manège inversé. Ramon est habitué, il sort sans dire un mot. Je referme derrière lui. J'accroche une petite pancarte que j'ai fait réaliser pour me moquer gentiment de nos petites habitudes. *De retour dans une heure.* C'est quelquefois moins, c'est quelquefois davantage.

Veronica s'en est amusée. Puisque c'est comme ça que tu le prends, m'a-t-elle lancé en riant et m'entraînant à sa suite dans l'ombre de l'arrière-boutique.

L'automne est doux et chaud et il fait beau. Elle est superbe en ce moment. Elle doit bien avoir cinquante-cinq ans, mais on se retourne sur elle dans la rue et ce n'est que justice. Depuis que les choses, au bout du compte, se sont arrangées entre elle et Paul, elle s'est éclose, comme une fleur — tendance vénéneuse. Elle court tous les matins, quatre ou cinq kilomètres dans les bois avoisinants, passe le plus clair de son temps à faire les magasins, les instituts de beauté, les restaurants diététiques et ma foi, le résultat est là. Elle s'est coupé les cheveux, elle marche en roulant des hanches avec élégance — Franck et Rico, les deux petites frappes que Paul avait engagées au début du printemps et qu'elle emploie comme gardes du corps, sont fous amoureux d'elle. Je lui ai dit mais ma chérie, regarde autour de toi, tous les hommes sont à tes pieds, pourquoi nous compliquer la vie. Elle ne me répond pas. Chaque fois que je tente de la raisonner, elle me lance un regard terrible, que je prends tout à fait au sérieux. Non qu'avoir des rapports sexuels avec elle me soit une corvée, la question n'est pas là, mais me sentir son prisonnier, me sentir à sa merci, sentir cette épée qu'elle tient au-dessus de ma tête, ce qu'elle juge sans doute très excitant, ne me convient pas du tout.

Rends-moi ce tuyau, lui avais-je demandé. Tu n'as pas besoin de ça, Veronica.

Je crois que si.

Mais c'est absurde.

J'avais soulevé sa robe pour lui montrer à quel point c'était absurde et je l'avais prise debout dans la réserve et lui avais glissé des mots à l'oreille, mais elle ne m'avait rien rendu du tout.

Lorsque je me retourne, après avoir fermé la porte à clé, elle est penchée en avant, accoudée sur le comptoir, examinant du bout des doigts une culotte de soie de chez Strumpet & Pink. Que dis-tu de leur nouvelle collection, lui demandé-je. C'est une tuerie, non. Nous allons les vendre comme des petits pains.

Je passe de l'autre côté et lui ouvre le livre de comptes car elle est aussi là pour surveiller la bonne marche de ses affaires. Elle ne les traite pas à la légère, elle s'inquiète des fonds qu'elle m'a avancés pour la boutique et elle ne me propose aucun autre moyen pour lui régler les intérêts. Je préfère en rire. J'ai installé quelques gros coussins dans la réserve, mais nous ne les utilisons pas tout le temps, nous pratiquons aussi la cabine d'essayage et ses miroirs, ses tabourets de cuir, ou encore nous nous tapissons dans l'ombre du magasin et regardons passer les gens tandis que je l'enfile sur le comptoir où sont éparpillées de pures merveilles, de la lingerie à rendre fou.

Cette fois, nous ne perdons pas trop de temps avec des colonnes de chiffres. Dehors, le ciel est bleu, l'air est très chaud, elle me regarde par-dessus ses lunettes de soleil puis se pend à mon cou.

Je ne traîne pas, quand nous avons fini. Je lui tends une boîte de kleenex. Elle cherche à me retenir. Je remonte mon pantalon en ricanant tandis qu'elle affiche son dépit.

Oui, mais tu sais bien ce qu'il y a, lui dis-je. Ne t'étonne pas. Sans une entière confiance entre les partenaires, on ne peut aller plus loin.

Mais c'était bien, non, lâche-t-elle d'une voix boudeuse.

C'était parfait, pour ce qui me concerne. Mais ça s'arrête là. Dommage. Tu as mis un mur entre nous, je t'ai avertie. Veronica, écoute-moi, tant que tu ne m'auras pas donné ce fichu tuyau, n'attends pas que je m'investisse davantage. Oublie.

Bon prince, je propose de lui choisir une culotte de la nouvelle collection La Perla car j'ai détendu la sienne — en général, elle se sert sans me demander la permission, mais je préfère les lui choisir, à tout prendre, dans l'espoir de toucher quelque petite corde sensible en elle, d'apparaître sous mon meilleur jour et de pouvoir en profiter moi-même le moment venu.

Je te connais, lâche-t-elle sur un ton acide en remontant ses bas.

Oh non, tu ne me connais pas. Ne te berce pas d'illusions. Ne crois pas que ce soit si simple.

Alors raison de plus. Raison de plus, tu vois.

J'opine par lassitude puis promène un bâton d'encens ici et là afin d'effacer la trace de nos humeurs.

J'ai mis Joël au courant de cette histoire. Un soir qu'il dînait à la maison avec sa femme et que nous finissions une bouteille de Don Papa sur la terrasse lui et moi — nos femmes, dans la torpeur du soir, nous ayant abandonnés pour la piscine —, j'avais soudain éprouvé le besoin de lui parler, de le mettre dans la confidence et le rhum aidant, je m'étais penché vers lui et lui avais tout raconté. Il m'avait considéré un instant puis il avait éclaté de rire en se claquant les cuisses.

Je sais, avais-je soupiré, Joël, je sais bien. Ça dépasse l'entendement. Tu as raison de rire de moi. Ton rire me fait du bien. Je crois que je vais la tuer, cette garce.

Nous avions terminé nos verres en silence. Je ne comptais pas faire quoi que ce soit qui puisse provoquer Veronica et la pousser à prendre quelque terrible mesure contre moi, mais je craignais que ce ne soit pas suffisant et Joël convenait que j'étais à la merci d'un rien, que je pouvais tomber en disgrâce du jour au lendemain avec une telle femme.

C'est un sujet de roman, non, avais-je lâché entre mes dents.

Comme elle sort du magasin et que je lui tiens la porte vitrée par laquelle s'engouffre un air chaud et sucré, elle se ravise, et se plaquant soudain contre moi, elle m'embrasse brutalement sur la bouche.

Je la repousse avec prudence, au prétexte que nos échanges n'ont pas vocation à parvenir aux oreilles d'Hannah et je récolte de nouveau ce regard sombre et perçant qu'elle me réserve si je la contrarie, si je la brise dans ses élans, si je ne réponds pas à ses avances.

Mais elle se ressaisit très vite et me dit pense à la couleur de Paul, ce soir, ce jaune paille, ce n'est plus possible, non, et sur ces mots, me glissant alors un œil de biche, elle dépose un baiser sur son index et le colle sur mes lèvres.

Au moment de la fermeture de *L'Ulysse*, Ramon demande s'il peut faire quelque chose pour m'aider. Ma, yé vois qué tou éz emmerdé, amigo — je ne dis plus rien à propos de son accent qui semble enchanter nos clientes et Ramon est devenu un bon camarade.

Merci, Ramon, tu es gentil. Mais tu n'as pas de belle-mère, toi, tu ne peux pas comprendre. Imagine les pires tracas que peut te causer une femme. Multiplie-les par cent.

Il fait bon. Je marche d'un pas tranquille jusqu'à la parfumerie pour acheter la teinture de Paul. Le soir tombe, il fait bon à présent. J'examine différentes marques en compagnie d'un jeune vendeur qui n'y connaît strictement rien mais semble très intéressé par les fines bretelles de ma combinaison que dévoile ma chemise largement ouverte. Vous comprenez, mon vieux, je ne suis pas très satisfait de ma précédente acquisition, lui dis-je. Mon ami vous ferait un scandale s'il pouvait se déplacer. Mais ce n'est pas vous. Non. Vous n'y êtes pour rien. Vous prendriez quoi, vous. Guidez-moi. Vous décideriez quoi à ma place. Vous n'auriez pas un tuyau à me donner, par hasard.

Je ne peux empêcher, quelquefois, ce genre de saillie — qui n'est destinée qu'à moi. Mais j'ai ce goût amer à la bouche, cet âpre goût lancinant, et bien que je ne le détecte pas toujours, il ne me quitte jamais.

Je ne peux poser une seconde les yeux sur Veronica sans penser à ce tuyau couvert de mes empreintes. Mais c'est mon assurance-vie, m'a-t-elle expliqué. Je dois m'assurer que tu ne parles pas.

Quelle misère. Je m'installe au volant et boucle ma ceinture après un dernier coup d'œil au ciel étoilé, particulièrement lointain.

Il n'est pas toujours facile de déceler une lueur de vie dans le regard de Paul depuis qu'il est sorti du coma, mais lorsque je l'entraîne dans la salle de bains et qu'il me voit installer le matériel devant lui, je sens presque un sourire se superposer à la grimace qui déforme désormais sa bouche.

Je commence par un shampoing. Ni Hannah ni sa mère ne veulent toucher le crâne de Paul dont quelques os sont partis en morceaux sous la violence du coup, de sorte qu'il m'en incombe, mais je m'y plie bien volontiers. Il n'est pas question de laisser la teinture de Paul aux mains du personnel dévolu à sa prise en charge. Car c'est une chose intime, c'est un peu comme aller fleurir sa tombe, lui montrer que l'on se souvient encore de lui et que l'on est charitable.

J'enfile des gants. J'admets qu'il y a plus agréable mais je pense à saint François d'Assise nettoyant ses lépreux — tandis que je palpe ces affreuses protubérances qui mettent le cœur des deux femmes en émoi.

Elles se tiennent un instant à mes côtés, l'une me servant un verre, l'autre me glissant une cigarette entre les lèvres et durant un instant, par cette soirée d'automne languide, imprévisible, je me sens en famille, je me sens avec les miens, avec ma femme et mes beaux-parents, oubliant nos griefs, nos trahisons, nos querelles, nos ambitions secrètes, nos errements, bref, redevenus naturels, oubliant les tensions et les drames qui nous agitent sans cesse, n'ayant plus en tête que paix, fraternité et gin-tonic.

Après avoir frictionné Paul, je le roule dans le jardin et commence à lui appliquer le produit, mèche par mèche. Les deux femmes sont dans l'eau, à quelques mètres. Le ventre d'Hannah s'arrondit mais notre première expérience nous incite à la prudence et nous en parlons le moins possible pour ne pas attirer le mauvais sort. Je ne sais pas ce qu'en pense Veronica et je m'en moque, mais il me semble qu'elle en a pris son parti — quoique rien ne soit moins sûr, avec elle. Elle s'est ouvert les veines en plein été après avoir appris la nouvelle et bien qu'on n'ait pu obtenir d'elle le moindre mot sur son geste, ce n'est pas un grand mystère pour moi — à la différence d'Hannah qui pense toujours que l'agression dont Paul a été victime est à l'origine du mal qui a frappé sa mère et l'a poussée à commettre ce geste insensé.

Durant plusieurs jours, elle m'avait interdit sa chambre et avait chargé Hannah de m'avertir qu'elle ne voulait voir personne.

Lorsqu'elle était rentrée, les yeux cernés, je lui avais dit Veronica, cette comédie, c'est quoi. Est-ce que tu veux finir enfermée. Est-ce que tu as perdu la tête.

Laisse-moi passer, m'avait-elle répondu.

Je pensais qu'elle n'en était plus là, aujourd'hui, qu'elle s'était ressaisie, mais je n'en suis pas si sûr. Je l'observe tranquillement à la dérobée, au bord de cette piscine que Paul avait fait construire pour étaler un peu son argent et montrer qu'il tenait à son indépendance, à son intimité, qu'il ne se baignait pas dans la même eau que les autres membres de la copropriété, uni-

quement dans la sienne, il leur laissait la grande
avec ce volatile à demeure, ses palmiers en pot,
ses serveurs maniérés, même s'il ne rechignait
pas, certains soirs, à boire un cocktail en compagnie des autres résidents, à échanger quelques
blagues avec eux en gardant un œil sur leurs
femmes qui se promenaient en jupettes, quand
ce n'était pas en bikinis.

Je l'observe tout en continuant ma besogne tandis
qu'assise, jambes croisées, sur la bordure de
marbre noir de la piscine en question, elle écoute
Hannah, du moins paraît-elle l'écouter car je
prends alors conscience qu'elle est ailleurs, que
son sourire est figé, je prends conscience que
rien n'a changé, que rien n'est réglé, loin de là.
Je ne vois pas une mère et sa fille, je vois une
femme devant sa rivale et rien d'autre, dévoilant
par éclairs son âme de feu. Je secoue la tête en
baissant les yeux sur le crâne défoncé de Paul. Je
ricane de moi. Comment ai-je pu songer un seul
instant qu'elle lâcherait quoi que ce soit, qu'en
baisant régulièrement nous parviendrions à une
sorte d'équilibre. Quelle plaie cette faculté que
j'ai de ne rien voir ni entendre quand je ne veux
rien voir ni entendre. En mode relecture, je me
remémore quelques moues déplaisantes qui lui
obscurcissaient les traits quand elle observait
Hannah à son insu, se mordillant la lèvre ou se
tordant les doigts, choses qui auraient dû mettre
fin à mon excès d'optimisme alors qu'elles me
rendaient à peine perplexe.

Pourquoi est-ce tout à coup évident, cette fois. Pourquoi cette soirée en famille qui semblait inscrite au tableau de la détente et de la bonne humeur s'éclaire-t-elle soudain d'une lumière si brutale — d'autant que de son propre aveu, quelques heures plus tôt, elle et moi avions parfaitement communié (*tu ne l'as pas senti — oh oui, bien sûr que je l'ai senti*), et que rien, absolument rien alentour, ne présage le pire.

Paul bave. Je l'essuie. La grue rentre chez elle et se pose près de son nid en poussant quelques cris étranges — et c'est bien la seule chose qui capte encore l'attention de Paul, son sourcil inquiet se soulève si l'on entend son fameux *krooh* tomber du ciel.

Je fixe la teinture de Paul quand Hannah sort de l'eau, ruisselante, couverte de perles, de filaments, je la regarde monter les marches et contourner le bassin pour rejoindre sa mère et je dis Paul, d'une certaine manière, je ne suis pas heureux que vous soyez le grand-père de mon enfant, y penser me rend presque malade, mais je dois vous remercier de m'avoir forcé à épouser Hannah, elle est formidable, non — si je ne me retenais pas, je lui verserais un peu d'alcool entre les lèvres, mais les médecins sont contre.

Tandis qu'elle s'approche et prend la main de son père — qui la regarde comme un zombie quand elle dit père, vous allez être magnifique, et le plus terrible est qu'elle le pense —, j'en profite pour la prendre par la taille, je suis assis, et je colle ma joue contre son ventre, dans un élan affectueux nourri de vapeur d'alcool.

Je remarque le regard noir de Veronica, que je déchiffre facilement à présent. Je ne serais pas surpris qu'elle développe un ulcère au train où vont les choses, mais au fond c'est son choix, se ronger les sangs est son choix, je ne suis pas du tout dans une relation sentimentale avec elle et elle le sait, j'ai été tendre avec elle, je l'ai soutenue dans les mauvais moments, je l'ai embrassée, je l'ai caressée, je me suis vraiment donné à elle au début, mais je n'ai jamais été amoureux d'elle, je ne lui ai jamais rien promis, je n'ai fait aucun serment, elle le sait, ce qu'elle a cru ou voulu comprendre est à des années-lumière de la réalité. Elle me déclare, le mois dernier, qu'elle m'aime, elle me murmure ces mots à l'oreille et c'est ainsi que je m'aperçois que mon oreille est tout à fait rétablie et je me tourne vers elle pour lui annoncer la bonne nouvelle lorsque je prends connaissance du message qu'elle vient de m'envoyer.

Ça veut dire quoi, ai-je demandé à ma femme.

Je ne sais pas. Tu ne comprends pas le français, peut-être, c'est ça.

Mais tu as quel âge, ma chérie. À quoi joues-tu exactement.

Nous nous trouvions dans sa chambre, par une fin d'après-midi sombre et pluvieuse, et j'ai choisi d'en rire, j'ai fait ah ah, mais j'ai aussi compris dans la seconde que je n'employais pas la bonne méthode et j'ai plaqué ma bouche contre la sienne et j'ai même dû la baiser dans la foulée, j'ai dû tout faire pour la détendre et elle n'est jamais revenue sur le sujet. Mais comment avait-elle osé me parler d'amour alors qu'elle gardait ce tuyau comme une relique dans le coffre de sa chambre. Qu'elle me faisait tout simplement chanter. Que pouvait-elle espérer de moi — si tant est qu'elle pouvait espérer quelque chose — dans ces conditions. Aurais-je éprouvé le moindre sentiment pour elle qu'aussitôt il serait mort dans l'œuf.

Depuis, les beaux jours sont revenus avec les premières couleurs de l'automne. Il fait bon. Tu n'as pas froid, ai-je demandé à ma femme.

Elle est allée s'allonger près de Veronica, sur la bordure de marbre. Comme j'ai terminé le rinçage de Paul, je la rejoins avec un peignoir dont je lui couvre les épaules en la frictionnant avec méthode. Je vois que mon empressement exaspère Veronica, mais ça ne me dérange pas, c'est le dernier de mes soucis. Seulement elle a le chic, à présent, pour déclencher entre nous deux une atmosphère exécrable, pour provoquer cette aigreur puis cette brûlure qu'elle me communique et qui nous enrage en silence l'un contre l'autre — pour des raisons contraires — en présence d'Hannah. C'est bien simple, nous bouillons.

En général, je ne reste pas, je n'attends pas que la machine explose, je file, mais pour l'heure je n'en ai pas encore terminé avec Paul et je tâche d'ignorer Veronica. Difficile. Car c'est le regard le plus terrible jamais enregistré qu'elle plante à cet instant dans ma nuque, je n'ai pas besoin de me tourner vers elle pour la voir à l'ouvrage, mâchoires serrées, narines pincées, pour vérifier qu'elle souhaite me voir souffrir mille morts — tandis que je perçois son hurlement lointain.

Je me demande si la réussite — pur et heureux hasard — de notre exercice de la journée — comme pouvait le suggérer son stupide geste de tendresse ou de je ne sais quoi à la porte du magasin — n'attise pas les flammes dont elle aimerait me consumer. J'ai sans doute eu le tort de lui montrer qu'elle me satisfaisait totalement sur le plan sexuel, quand j'acceptais de lâcher prise, quand je vidais mon esprit, n'essaie pas de me dire le contraire, m'avait-elle déclaré en posant un doigt manucuré sur mes lèvres, ne te voile pas la face.

Le cœur de cette femme est resté trop longtemps enfermé. L'avalanche d'argent qui l'a submergée en reprenant les affaires de Paul n'a visiblement pas suffi à l'apaiser. Et les choses ne s'arrangent guère quand je vois l'état dans lequel elle se met, comme la dernière des midinettes. Quelle misère. Quel cinéma elle se fait, quel scénario qui maintenant lui échappe et dans lequel elle nous entraîne. Je la tuerais.

Avant de me relever pour reprendre Paul en main, je me penche au-dessus d'Hannah et lui embrasse le ventre.

Bon sang, mais tu es déjà complètement gâteux, s'esclaffe alors Veronica dans mon dos.

Je ne réponds pas, je ne la regarde pas, je me lève et je me dirige vers la sortie, je traverse l'appartement sans me retourner, je claque la porte dans mon dos, je saute dans ma voiture, il n'est pas tard, je boucle ma ceinture et je prends le chemin de *L'Ulysse*, j'arrive, je me gare, j'entre par-derrière, je vais m'asseoir dans les loges. Je sais comment tout ça va se terminer, j'entrevois le chaos qui nous attend mais je ne peux pas l'empêcher, je ne peux pas éteindre le feu qui menace de ravager cette femme. Ramon m'écoute et me déclare que si je ne me sens pas assez bien pour notre numéro.

Je l'interromps. Non Ramon, dis-je, au contraire. Ça va me détendre. Ça va me faire du bien. Laisse-moi me préparer.

Me déshabillant, j'essaie de ne pas penser aux suites que mon départ a pu provoquer entre Veronica et sa fille. Le ton était-il monté, était-ce allé plus loin, ou rien, pas un mot, peut-être un instant de silence à peine pesant. J'en avais oublié Paul, pour le coup, la tête encore mouillée. Je finis d'enfiler mes bas quand Joël m'appelle pour me dire que j'ai un excellent article sur internet.

Appelle-moi quand tu veux si c'est pour me faire plaisir, lui dis-je. C'est une petite goutte perdue dans l'océan, mais tout de même.

Je profite d'un moment de calme avant d'entrer en scène pour lui parler un peu de la tournure des événements et il me dit nous avons une chambre à te prêter si tu en as besoin, tu ne te gênes pas. Elle est à ta disposition.

C'est bon de se sentir soutenu, tu sais, lui dis-je. Tu es un parfait compagnon de route, Joël. Merci. C'est bon de savoir qu'on a une position de repli. Je te rappelle demain pour te raconter la suite. Attends-toi à du sérieux, j'en ai peur. Et si ce n'est pas pour cette fois, ce sera pour bientôt car à présent les dés sont jetés.

Chanter est l'un des plus puissants remèdes que je connaisse, le plus puissant étant de chanter vêtu en femme. Depuis que je l'emploie à la boutique, Ramon n'essaie plus de me violer sur scène mais il reste très présent et son niveau vocal étant devenu tout à fait convenable, nous formons un bon duo, nous prenons du plaisir à chanter ensemble, à nous aguicher dans le halo d'un projecteur, à nous montrer.

Nous sommes bons, ce soir. Pas excellents, mais vraiment bons et les compliments pleuvent, backstage.

Il n'y a pas beaucoup d'aération dans les loges, un air tiède s'engouffre par le vasistas qui donne sur une petite cour et tout le monde transpire à l'intérieur, pour la plupart dans ces sous-vêtements de qualité que nous leur cédons à bon prix. J'ai de la chance d'être là. J'ai de la chance de connaître ces gens. Je passe un bon moment avec eux. Nous rions avec Melinda qui fête son anniversaire et s'en met plein les doigts, les suce en s'esclaffant, assise sur mes genoux, un couteau dégoulinant de crème à la main à cause de cette température de séchoir à cheveux qui nous fait fondre et a réduit son gâteau à quelque forme vague et spongieuse qui résiste au découpage en tranches.

Nous nous amusons bien et buvons du champagne mais je reste un peu sous le coup de la réflexion de Veronica, elle siffle encore à mes oreilles, elle me pèse. Au moins m'aura-t-elle permis de terminer la soirée entre amis — et même de récolter quelques commandes après avoir enfilé la nouvelle nuisette de chez La Perla devant eux, grimpé sur une table, prenant des poses, déclenchant des sifflets. Le temps passe.

Je rentre à la maison très tard, presque seul sur les voies rapides, filant dans la nuit noire. J'ai la gorge encore sèche d'avoir trop ri ou trop chanté ou avalé des cacahuètes salées par poignées. Je m'arrête à une station-service pour acheter une bouteille d'eau et j'examine le ciel qui s'est couvert et rend la nuit vaguement laiteuse. Je suis encore si excité par la charmante agitation de cette soirée — et n'ayant aucun espoir de trouver le sommeil dans les prochaines heures — que je me propose d'aller tout droit dans mon bureau et d'y travailler un moment puisque l'esprit insatiable s'y prête et que le fond de la nuit est pour l'écrivain le territoire sacré, le cercle au centre duquel il est intouchable.

Je suis surpris par la fraîcheur de l'air tout à coup. Le temps est en train de tourner. De sombres nuages bas dérivent sous un vent faible, presque invisibles dans l'obscurité.

N'importe quel écrivain aurait peur d'avoir un enfant. N'importe quel écrivain craindrait pour sa tranquillité. Je boutonne mon cardigan et fume une cigarette à l'écart des pompes avant de repartir. Je boucle ma ceinture, perdu dans mes pensées.

Je suppose qu'elle me voit arriver, exécutant mon demi-tour sur le parking désert, car elle se tient à sa porte quand je pénètre dans le hall. Il est à peine cinq heures du matin. Ce que je lui dis, Veronica il est à peine cinq heures du matin, que se passe-t-il encore — sur un ton censé lui rappeler que je ne la tenais pas quitte de son petit accès d'humeur au bord de sa piscine, lequel me restait en travers de la gorge.

Elle ne répondit rien et retourna à l'intérieur, sans fermer la porte. Après un grognement de mauvaise humeur, j'entrai.

Elle s'arrêta au milieu du salon et m'indiqua le jardin.

Je ne sais pas ce qu'il a fabriqué, déclara-t-elle. Il s'est renversé avec son fauteuil. Il a basculé, est-ce que je sais, quelle importance.

Il a quoi, me rembrunis-je. Qu'est-ce que tu dis.

Oh écoute, il est tombé. C'est tout. Oh, et puis je m'en moque.

Elle alluma une cigarette et s'adossa au mur, me soufflant sa fumée au visage avant que je ne pose un pied dans le jardin.

Sans doute Paul avait-il fait la culbute et il aurait proprement mordu la poussière si son fauteuil ne s'était pas retourné dans la terre grasse du gazon que balayait l'arrosage automatique. Il se trouvait dessous, telle une tortue sous sa carapace, toujours sanglé à son engin, le front dans la boue et privé de parapluie. Il semblait prier sous un orage, implorer grâce pour la somme de ses péchés.

Je m'élançai — après avoir considéré avec amertume le rideau de pluie qu'il me fallait traverser pour lui porter secours, d'autant plus que j'étais en mocassins. Bref, je le relevai. Paul, ça va, vous n'êtes pas blessé, au moins, fis-je en pestant à part moi qui détestais prendre une douche en tenue de ville — quelle qu'en soit la raison.

Ruisselant, clignant des yeux, je fis signe à Veronica de venir m'aider. J'en profitai pour détacher Paul, que je prenais pour la première fois dans mes bras et qui me parut hyper léger, horriblement désarticulé. Tournant la tête en direction de Veronica, à son tour trempée comme une soupe, je lui proposai de ramener le fauteuil à l'intérieur pendant que je me chargeais de son mari.

Est-ce qu'il t'arrive parfois de penser que je n'en peux plus, m'annonça-t-elle en me retirant des mains la serviette avec laquelle je m'épongeais le visage. Que tout ça me rend folle, que je souffre à cause de toi.

Je jetai un coup d'œil sur Paul que nous avions

garé près de la baignoire, contre un radiateur Acova.

J'ai l'impression qu'il nous regarde, dis-je. Pas toi.

Ne dis pas de bêtises. Réponds-moi.

Je m'apprêtais à quitter sans tarder une salle de bains devenue soudain étouffante, mais elle s'interposa. Elle m'emprisonna de ses bras — une étreinte humide, absorbante, dont les dernières gouttelettes roulèrent à nos pieds tandis qu'elle me pressait contre elle avec outrance. Résigné, je demeurai immobile, bras collés au corps.

Et maintenant, m'enquis-je au bout d'une minute.

N'obtenant aucune réponse à mon tour et n'étant pas certain que Paul n'allait pas commencer à s'agiter sur son siège devant l'ambiguïté de la scène que nous lui offrions, je la repoussai prudemment, avec un pâle sourire pour les cicatrices de ses poignets.

Veronica, arrête, lui dis-je. Ça devient de pire en pire.

Peut-être. Je n'en sais rien. Je ne me rends pas compte.

Bien sûr que si. Arrête. Réfléchis un peu.

J'ai assez réfléchi. J'ai passé ma vie à réfléchir. Ne me parle pas de réfléchir, tu veux. Réfléchir me tue. Mais tout va bien, pour toi. Ça ne te dérange pas. Ce que j'éprouve ne t'intéresse pas.

Nous avions chacun une petite mare à nos pieds

qui luisait comme une désolante flaque d'urine. Je fis un pas de côté. Je me demandais si je ne préférais pas encore les années où Paul était aux commandes — aussi pénibles qu'elles furent. Les choses étaient alors plus simples, les tensions n'étaient pas aussi grandes. Je dormais mieux. J'étais plus détendu. Il n'y avait pas ce foutu tuyau. Je ne couchais pas encore avec ma belle-mère. Ma femme n'attendait pas d'enfant. Je pensais que tout problème avait une solution.

J'en étais là de mes réflexions lorsque je m'aperçus que la lumière avait baissé et qu'elle était en train de se déshabiller. Ce qui pouvait s'admettre, en un sens, car ses vêtements étaient encore si mouillés qu'ils collaient à elle comme une seconde peau. Je me mis à danser d'un pied sur l'autre, perplexe, ne sachant pas interpréter la baisse de lumière du plafonnier dont elle était l'ordinatrice indolente, sans mauvaise intention apparemment, comme si ce geste ne signifiait rien, que cette semi-pénombre était juste plus reposante. Je ne fis aucune remarque. Sa jupe, son corsage, sa culotte tombèrent à ses pieds, mais elle semblait soudain lointaine, le regard vague en dépit de ses pointes de seins, dressées.

Puis elle décrocha un peignoir et l'enfila sans me prêter attention, ce que j'accueillis favorablement, venant de m'apercevoir qu'un éclat sombre brillait à présent dans l'œil de Paul.

Je ne parviens pas à m'y faire, déclarai-je. Il nous regarde pour de bon, non.

Je ne vais pas tenir le coup, Denis, je voulais te le dire. Qu'elle soit enceinte. C'est trop. Et toi, ton attitude.

Mmm, pardon, mais pourrions-nous éviter de parler de ça devant lui. Ça ne pourrait pas attendre.

Je suis censée prendre des gants avec lui, s'agaça-t-elle. C'est ce que je suis censée faire.

Avant que je ne puisse intervenir, elle repoussa brutalement le fauteuil de Paul et le fit basculer sur le côté. La tête de celui-ci sonna comme une noix de coco en heurtant le sol.

Voilà ce que j'en fais, conclut-elle. À quel point il m'importe, à quel point j'ai de la pitié pour lui.

Je le relevai. Je ne le relèverai pas une troisième fois, l'avertis-je. Maintenant, dis-moi Veronica. Dis-moi comment tu vois les choses. Dis-moi comment nous allons nous en sortir. Cherche. Cherche bien. Cherche encore. Hein, ne sois pas avare de ton temps.

Je jetai un coup d'œil entre les pans de son peignoir qu'elle n'avait pas fermé.

C'est comme une boule, reprit-elle, je la sens là. Comme si j'avais une boule de terre dans la poitrine. Tu comprends.

Elle hésita un instant, puis je la laissai venir contre moi. Dehors, l'aube se levait à peine. Aucun orage n'avait éclaté malgré l'abondance des nuages de la nuit. L'arrosage automatique s'arrêta. Le silence tomba comme une pierre.

Ça finira par passer, dis-je. Il n'y a pas d'autre issue.

Elle ricana en enfonçant ses ongles dans ma nuque. S'il n'y avait pas Hannah, je te tuerais, me souffla-t-elle à l'oreille.

Je m'en voulais de ne pas avoir écouté Denise qui avait aussitôt compris, après le suicide manqué de Veronica, que celle-ci allait devenir un vrai problème — qui finirait par m'engloutir, avait-elle précisé. Denise avait immédiatement senti le danger qu'elle représentait, elle m'avait enjoint de rester vigilant, de me tenir sur mes gardes, mais je ne l'avais pas écoutée et le sinistre sourd que j'avais été durant ces derniers mois se trouvait à présent au bord d'un gouffre.

Hannah, par chance, était mon joker absolu. Dieu la bénisse. Elle m'avait protégé de Paul comme elle me protégeait à présent de Veronica et au fond, plus le temps passait et plus j'étais ennuyé d'avoir une liaison avec sa mère.

Bref, elle ouvrit ma chemise, fit glisser les fines bretelles de mon caraco de satin vert prune et me demanda mon pantalon. Sèche-toi, me dit-elle en me tendant un peignoir. Restons civilisés.

Elle ramassa mes vêtements, y ajouta les siens, et se pencha sur le sèche-linge. J'étais sidéré par le désir sournois, irrésistible qui m'envahissait et me poussait vers elle en renversant toutes les barrières que mon pauvre esprit tentait de mettre en place. J'avançai la main vers le porte-serviettes pour m'y tenir.

Je n'imaginais pas ça, déclara-t-elle en enfournant nos affaires dans la machine. Que ce serait aussi dur. Je n'imaginais pas ça.

Elle secoua la tête. Puis m'adressant un regard désabusé, elle passa devant moi et sortit sans m'accorder plus d'intérêt qu'à Paul dont les mâchoires s'étaient raidies.

Que fait-on de lui, lançai-je.

Une aube grise perçait à peine lorsque je la rejoignis dans le salon. Avant que je n'aie ouvert la bouche, elle me demanda de ne rien dire.

S'il te plaît. Pour l'Amour du Ciel. Tais-toi.

Je n'ai rien de spécial à dire, déclarai-je en m'asseyant près d'elle.

Elle me dévisagea puis se leva. Je la rattrapai par un pan de son peignoir.

Quoi, fit-elle. Lâche-moi.

Je la lâchai.

À cet instant, je pris conscience que nous avions mangé notre pain blanc. Je faillis gémir devant les inévitables tourments qui nous attendaient désormais et dont plus rien ne viendrait à bout si nous nous privions ainsi du seul remède au monde capable de nous engourdir corps et âme en une seule prise.

Je feuilletai, sans vraiment les voir, les pages d'un magazine qui traînait sur la table basse tandis qu'elle me tournait le dos, bras croisés, devant la baie donnant sur le jardin où filait un ciel bas, bourrelé de nuages sombres qui retardaient le jour. L'éclairage de la piscine produisait une lueur dansante, fantasmagorique, sur laquelle sa silhouette se découpait, immobile.

Je n'ai compris qu'après. Je me figurais que les cris qu'elle poussait signifiaient qu'elle jouissait sans retenue après le mal que nous nous étions fait. Ces mots que nous nous étions dits et qui n'avaient rien de nouveau sinon qu'ils étaient prononcés sur un ton plus vif, plus aigre, parfois même en pleine action. Je n'ai compris qu'après, la raison de ces cris qui n'étaient pas son genre — elle se montrait plutôt discrète et parcimonieuse à cet égard, d'ordinaire. Je n'ai compris qu'au dernier moment, en voyant Hannah sortir de la chambre d'amis avec un bâillement et soudain nous considérer, les bras ballants, à l'instant précis où je me répandais en Veronica, où j'aurais pu hurler si je ne m'étais pas mordu les lèvres en enfonçant mes poings dans les coussins de mousse du canapé.

Je baissai la tête une seconde. Hannah partit en courant. Je me retirai de Veronica d'un bond. Je nouai en grognant mon peignoir et m'élançai pieds nus à la poursuite de ma femme. Je glissai et fis un vol plané sur le marbre du hall. Lorsque je débouchai sur le parking, elle était déjà montée dans sa voiture et mettait le contact.

Sa portière était bloquée. Je cognai au carreau. Elle lança le moteur et se tourna vers moi pour la première fois. Du diable si je la reconnus, sur le coup. Je l'appelai. Le vent qui soufflait à présent en bourrasques emporta ma voix.

Je dus m'écarter pour qu'elle ne m'écrase pas les pieds. Je restai un instant interdit tandis que ses feux arrière disparaissaient en direction de l'autoroute dans l'obscurité évanescente où tournoyaient des feuilles mortes.

Je croisai mes mains sur la tête et fermai les yeux. Monte, me lança Veronica. Monte.

Pour le commun, rattraper Hannah qui conduisait comme une cinglée demeurait hors de portée. Excepté pour sa mère qui était aussi un vrai danger public. Je bouclai ma ceinture. Tu as peur que je te tue, demanda-t-elle avant de démarrer en trombe.

Je la saisis à la gorge et nous fîmes une embardée mais je la relâchai aussitôt et lui indiquai le chemin qu'Hannah avait emprunté.

C'est toi qui nous as conduits là, fit-elle sur un ton sinistre.

Regarde devant toi. Conduis.

Elle négocia un virage serré et se remit dans l'axe de la bretelle. Le péage était presque désert, quelques zombies erraient dans la lumière blafarde de la station-service avec des sandwiches. J'observai qu'elle avait pris le temps de passer une culotte sous son peignoir, mais pas de soutien-gorge. Je lui en fis la remarque tandis qu'elle se penchait pour attraper un ticket.

Couvre-toi, lui dis-je. Ne cherchons pas les

ennuis. C'est assez de l'odeur de foutre qui règne dans cette foutue voiture.

Tu es furieux, c'est ça.

Roule.

Mais moi, ma douleur. Ma douleur, comparée à la tienne. C'est ma fille. Je suis un monstre.

Je me retourne pour lui donner le feu vert mais elle s'est déjà lancée, passe les vitesses, et nous filons bientôt à toute allure dans le jour à peine levé, sous un ciel bas, aux formes capricieuses, les remblais couverts de bois sombres, dressés comme des pointes de flèches.

Nous sommes flashés au bout de quelques kilomètres que nous franchissons dans un silence de mort, étourdissant, et me tournant vers elle, je m'aperçois qu'elle pleure. Mais elle ne mollit pas et nous rattrapons Hannah à la sortie d'un vallon enjambé par un viaduc où s'engage un train matinal, précédé d'un envol d'oiseaux effarouchés. Une petite rivière coule en contrebas, au milieu de broussailles argentées.

Nous bondissons du sommet, dévalons la pente.

Laisse-moi lui parler, dis-je.

Elle pleure à chaudes larmes, à présent. Je ne cherche pas à la consoler. Je me retiens de ne pas me boucher les oreilles. Elle prend de la vitesse. Puis elle éclate en sanglots et enfonce l'accélérateur en nous dirigeant tout droit sur une pile du viaduc.

Je me demande encore si elle l'a fait exprès. Je n'en suis pas sûr. J'ai écrit que les larmes avaient brouillé sa vision. J'ai écrit qu'après le choc j'étais parvenu à défaire ma ceinture et à basculer dans l'herbe, puis à m'éloigner du moteur fumant. J'ai dit qu'Hannah s'était arrêtée plus loin et revenait vers moi, son Chéri-Chéri, en courant — quoi que Paul en ait jamais pensé. J'ai écrit qu'elle était la première femme que j'aimais vraiment, après ma mère. Et tout ça est vrai, tout ça n'est qu'invraisemblable et pure vérité.

DU MÊME AUTEUR

Aux Éditions Gallimard

SOTOS, *roman*, 1993 (Folio n° 2708).

ASSASSINS, *roman*, 1994 (Folio n° 2845).

CRIMINELS, *roman*, 1996 (Folio n° 3135).

SAINTE-BOB, *roman*, 1998 (Folio n° 3324).

VERS CHEZ LES BLANCS, *roman*, 2000 (Folio n° 3574).

ÇA, C'EST UN BAISER, *roman*, 2002 (Folio n° 4027).

FRICTIONS, *roman*, 2003 (Folio n° 4178).

IMPURETÉS, *roman*, 2005 (Folio n° 4400).

MISE EN BOUCHE, *récit*, 2008 (Folio n° 4758).

IMPARDONNABLES, *roman*, 2009 (Folio n° 5075).

INCIDENCES, *roman*, 2010 (Folio n° 5303).

VENGEANCES, *roman*, 2011 (Folio n° 5490).

"OH...", *roman*, 2012 (Folio n° 5704).

LOVE SONG, *roman*, 2013 (Folio n° 5911).

CHÉRI-CHÉRI, *roman*, 2014 (Folio n° 6098).

INVITATION AU VOYAGE, Catalogue Louvre, 2014.

DISPERSEZ-VOUS, RALLIEZ-VOUS !, *roman*, 2016.

Aux Éditions Futuropolis

LORSQUE LOU, 1992. *Illustrations de Miles Hyman* (Repris sans illustrations en Folio n° 5427).

MISE EN BOUCHE, avec Jean-Philippe Peyraud, 2008.

LUI, avec Jean-Philippe Peyraud, 2010.

Aux Éditions Bernard Barrault

50 CONTRE 1, *histoires*, 1981.

BLEU COMME L'ENFER, *roman*, 1983.

ZONE ÉROGÈNE, *roman*, 1984.

37°2 LE MATIN, *roman*, 1985.

MAUDIT MANÈGE, *roman*, 1986.

ÉCHINE, *roman*, 1988.

CROCODILES, *histoires*, 1989.

LENT DEHORS, *roman*, 1991 (Folio n° 2437).

Chez d'autres éditeurs

BRAM VAN VELDE, *Éditions Flohic*, 1993.

ENTRE NOUS SOIT DIT : CONVERSATIONS AVEC JEAN-LOUIS EZINE, *Presses Pocket*, 1996.

PHILIPPE DJIAN REVISITÉ, *Éditions Flohic*, 2000.

ARDOISE, *Julliard*, 2002.

DOGGY BAG, saison 1, *Julliard*, 2005.

DOGGY BAG, saison 2, *Julliard*, 2006.

DOGGY BAG, saison 3, *Julliard*, 2006.

DOGGY BAG, saison 4, *Julliard*, 2007.

DOGGY BAG, saison 5, *Julliard*, 2007.

DOGGY BAG, saison 6, *Julliard*, 2008.

LA FIN DU MONDE, avec Horst Haack, *Éditions Alternatives*, 2010.

DOGGY BAG : L'INTÉGRALE, *Julliard*, 2010.

IL DIT QUE C'EST DIFFICILE : BRAM VAN VELDE, *Argol Éditions*, 2011.

COLLECTION FOLIO